世界经典童话小说书系

人鱼公主

著者 / 汉斯·克里斯蒂安·安徒生 等　编译 / 沈佳琦 等

吉林出版集团股份有限公司 | 全国百佳图书出版单位

图书在版编目（CIP）数据

人鱼公主／（丹）汉斯·克里斯蒂安·安徒生等著；沈佳琦等编译. --
长春：吉林出版集团股份有限公司，2016.12
　　（世界经典童话小说书系）
　　ISBN 978-7-5581-2121-0

　　Ⅰ. ①人… Ⅱ. ①汉… ②沈… Ⅲ. ①儿童故事 – 作
品集 – 世界 Ⅳ. ①I18

中国版本图书馆CIP数据核字（2017）第065109号

人鱼公主
RENYU GONGZHU

著　　者　汉斯·克里斯蒂安·安徒生 等
编　　译　沈佳琦 等
责任编辑　宋巧玲
封面设计　张　娜
开　　本　16
字　　数　50千字
印　　张　8
定　　价　18.00元
版　　次　2017年8月　第1版
印　　次　2019年4月　第3次印刷
印　　刷　三河市嵩川印刷有限公司
出　　版　吉林出版集团股份有限公司
发　　行　吉林出版集团股份有限公司
地　　址　长春市绿园区泰来街1825号
电　　话　总编办：0431-88029858
　　　　　发行部：0431-88029836
邮　　编　130011
书　　号　ISBN 978-7-5581-2121-0

前言

　　儿童自然单纯，本性无邪，爱默生说："儿童是永恒的弥赛亚，他降临到堕落的人间，就是为了引导人们返回天堂。"人们总是期待着保留这份童真，这份无邪本性。

　　每一个儿童都充满着求知的欲望，对于各种新奇的事物，都有着一种强烈的好奇心，这样在成长的过程中就不可避免地被好的或坏的事物所影响。教育的问题总是让每个父母伤透了脑筋，生怕孩子们早早地磨灭了童真，泯灭了感知美好事物的天性。童话很好地解决了这个问题，让儿童始终心存美好。

　　徜徉在童话的森林，沿着崎岖的小径一路向前，便会发现王子、公主、小裁缝、呆小子、灰姑娘就在我们身边，怪物、隐身帽、魔法鞋、沙精随时会让我们大吃一惊。展开想象的翅膀，心游万仞，永无岛上定然满是欢乐与自由，小家伙们随心所欲地演绎着自己的传奇。或有稚童捧着双颊，遥望星空，神游天外，幻想着未知的世界，编织着美丽的梦想。那双渴望的眸子，眨呀眨的，明亮异常，即使群星都暗淡了，它也仍会闪烁不停。

童心总是相通的，一篇童话，便会开启一扇心灵之窗，透过这扇窗，让稚童得以窥探森林深处的秘密。每一篇童话都会有意无意地激发稚童的想象力和感知力，让他们在那里深刻地体验潜藏其中的幸福感、喜悦感和安全感，并且让这种体验长久地驻留在孩子的内心，滋养孩子的心灵。愿这套《世界经典童话小说书系》对儿童健康成长能起到一点儿助益，这样也算是不违出版此书的初心了。

编者

2017 年 3 月 21 日

目录
MULU

狡猾的兔子……………………………… 1

慷慨的穷人……………………………… 13

人鱼公主………………………………… 35

小约翰…………………………………… 61

让的奇遇………………………………… 97

狡猾的兔子

东海龙王生病了，而且病得很严重。

侍卫们给龙王端来各种各样的食物，可龙王皱着眉头，看都不看一眼，甚至连水都不喝。

大家慌了，龙王不吃饭怎么行呢，要是身体垮掉了可怎么办？

龙宫里的大夫们都来了，有的摇头，有的叹息，却诊断不出龙王到底得了什么病。

这时，一个上了年纪的大夫跪在龙王面前。

"尊敬的龙王陛下，我知道有个妙方能医治您的病。"大夫说。

"快说，是什么妙方？"龙王吃力地睁开眼说。

"陆地上有一种叫兔子的动物，如果您吃下它的肝脏，那您很快就能好起来。"大夫回答说。

龙宫里静极了，所有的侍卫和大臣都低头跪在那里，不知道龙王会不会相信这个大夫的话。

"你说的是真的？"龙王打量着大夫说。

"是的，龙王，快想办法去搞兔子吧！"大夫肯定地点了点头。

龙王坐起身，看着身旁的侍卫。

"你们整天喊'龙王万岁'，现在表现的机会到了，谁能去陆地给我抓只兔子回来？"龙王问道。

侍卫们都不作声，低着头不敢看龙王的眼睛。还没有谁去过陆地，更不知道兔子的长相，到哪儿去抓兔子呢？

"重用你们的时候到了，谁要是给我抓只活兔子回来，我一定重重有赏！"龙王承诺道。

"尊敬的龙王陛下，只有我能给您抓回来兔子。"一个大臣摇摇晃晃地爬到了龙王的脚下。

大家抬头一看——原来是龙宫里的千年乌龟。

"千年乌龟，看你好像很有信心。那你就说说，怎么才能去陆地把兔子给我抓回来，难道不怕人类把你捉去吃肉吗？"龙王担心地问。

"龙王，别看我长得丑陋，可我有本事啊！我在水里能游泳，浮在水面像一片叶子。我到陆地能爬行，缩成一团像个西瓜。"乌龟大声说道。

龙王点了点头，微笑地看着乌龟。

乌龟从来没机会在龙王面前表现，这次真是一个难得的机遇，乌龟一下子变得自信起来。

"龙王请放心，你就等我的好消息吧！人类我都不怕，还能在乎一只兔子吗！"乌龟信心十足地说。

"哈哈，好！那你就赶快动身吧，等把兔子抓回来，本王送你金银财宝，还封你做大官。"龙王信誓旦旦地说。

"龙王，我还有一个请求！"乌龟若有所思地说。

"有什么需要尽管说，只要你能抓回兔子，要什么，本王就给你什么！"龙王高兴地说。

"其实也没什么，就是，就是……我一直生活在水里，不知道兔子的模样。"乌龟晃着小脑袋，慢吞吞地说。

"这有什么难的，赶快画张兔子的画像！"龙王吩咐侍从拿来了纸和笔。

不一会儿，画师就把兔子画好了。

乌龟将画像叠好，伸长脖子，小心地把画像塞进龟壳，又把脖子缩进去夹紧，慢悠悠地离开了龙宫。

乌龟来到陆地，终于可以坐下歇歇脚了。乌龟伸长脖子，把画像拿出来，看了又看。

休息完毕，乌龟继续赶路。它一边走一边张望，不错过任何一个从身边经过的动物。

一只小松鼠机灵地从它眼前跳过，乌龟打开画像，发现兔子根本没有这么长的尾巴。

乌龟继续往前走，一只狗熊从远处晃晃悠悠地走来。乌龟缩着脖子，藏在草丛里。

"看你那呆头呆脑的样儿，肯定不是兔子！"乌龟想。

突然，一只小动物从乌龟眼前经过，大大的耳朵垂落下来，走起路来一蹦一跳的，正在草丛里寻找嫩草吃。

乌龟急忙拿出画像对照，看来眼前这只小动物就是自己要找的兔子了。

"兔子大哥，你好啊！"乌龟赶紧把画像塞好，加快脚步想快点儿爬到兔子身边，可是怎么也爬不快，只好提高声音喊兔子。

正在吃草的兔子并没有发现乌龟，吓了一大跳。

"哎呀，肝儿都被你吓掉了！"兔子连忙用手捂住胸口说。

"你是谁啊？"兔子生气地问。

"哈哈，兔子大哥，见到你真高兴。我是生活在海里的乌龟，是专门来拜访你的！"乌龟讨好地说。

兔子抬眼打量了一下乌龟，还真没见过这么丑的动物呢！

"哼，你也不拿镜子照照自己，脖子那么长，身上还背着那么大的破壳子。那么难看，也配跟我做朋友？我可不想做你大哥，还是离我远点儿吧！"兔子轻蔑地说，然后继续低头吃草。

乌龟听后非常生气，本想掉头就走，但一想还得带它回去领赏，就又笑嘻嘻地靠近兔子。

"你别看我长得丑，可在龙宫里，除了龙王，我可是说一不二的将军。兔子大哥，你在山上生活得好吗？"乌龟问道。

"龙宫有什么好的，那里有嫩草吗？有清泉吗？有茂密的树林和舒服的树荫吗？"兔子反驳道。

乌龟忍不住大笑起来。

"海里的龙宫是用宝石砌成的，五光十色，漂亮极了！龙宫里还有各种各样的美食，都是你没见过的。"乌龟绘声绘色地说。

兔子动了心，可还是不敢完全相信乌龟的话。

"兔子大哥，你知道吗，最重要的还不是这些。我们龙宫里从来没有猎人，没有追杀动物的猎鹰，更没有凶残的大野兽。我们住在那儿，除了吃，就是玩，生活得特别开心！"乌龟一边说，一边观察兔子的表情，发现它的眼睛突然一亮。

"龙宫再好，可是我也不会游泳啊！我从小就生活在这里，怎么去龙宫呢？"兔子想了想，小声地说。

"好啊，终于上钩了！"乌龟心里暗暗叫好。

"兔子大哥，不用担心，还有我呢！"乌龟得意地说。

兔子看了看乌龟，忽然觉得它不那么难看了。

"那你就说说看，我怎么才能去龙宫？"兔子向前靠了靠身子。

"这好办啊！你看，我这宽宽的脊背就是专门用来驮你的。龙王听说你聪明能干，特意让我来陆地接你去龙宫，还要给你一个大官当呢！"乌龟用手指了指后背说。

"我还没有当过官呢！在山上，老虎是山中大王，除了老虎，还有那么多身强力壮的动物，哪儿能轮得到我呀？还不如跟乌龟去龙宫看看。要是龙王真的给个官当，那我就算交上好运了。"兔子心里十分高兴。

兔子决定跟着乌龟去龙宫，弄个官儿当当。一想到这儿，兔子不觉笑出声来。

森林里，兔子要去龙宫的消息立刻传开了。小伙伴们知道兔子要去龙宫，纷纷跑来劝阻。

"兔子哥哥，你在山上生活得好好的，为什么要去龙宫呢？"小松鼠疑惑地问。

"兔子哥哥，你还是好好考虑一下吧！你都没见过龙王，怎么就知道它会让你当官呢?"小喜鹊也飞来了，俯在兔子的耳边悄声说。

"我看乌龟肯定不是什么好东西。你这么相信它，如果发现被骗了，可就回不来了。"山羊公公忧心忡忡地说。

兔子现在已经听不进去任何劝告，它的心早已飞向了龙宫。它想象着龙王和蔼可亲的样子，想着马上就要当官了，心里别提有多高兴了。

终于，乌龟驮着兔子回到龙宫，来到龙王面前。

龙王看到这只活泼可爱的兔子，心里高兴极了，马上给乌龟连升三级，还给了它很多珠宝。

"龙王奖赏了乌龟，马上就该轮到我了。"守在一边的兔子热血沸腾。

"山里来的小兔子，听说你的肝脏能治好我的病，所以我就让乌龟把你接来了。"龙王一本正经地说。

听了龙王的话，兔子吓得后退了一步。

"别害怕，我会用最上等的绸缎为你包裹尸体，好好安葬。"龙王看着兔子继续说道。

龙王话音刚落，两个侍卫就拎着两把大刀将兔子摁倒在地，准备取它的肝脏。

"龙王，先别急着杀我，我还有话对您说！"兔子尽量使自己镇静下来。

龙王挥了挥手，示意侍卫停下来。

"快说，到底有什么事儿？"龙王急忙问道。

"龙王，您刚才说要吃我的肝儿，我突然想起来了，乌龟去陆地上找我，我最初没有看见它，结果它的大嗓门把我的肝儿吓掉了。"兔子回答说。

"这么说肝儿没在你身上？"龙王半信半疑。

"是的。当时我把肝儿藏在了一块大石头下面，因为急着来见您，忘记带上了，所以您现在杀了我也没用。您要是不信，就问问乌龟！"兔子从容不迫地说。

"乌龟，我问你，兔子说的都是真的吗？"龙王的声音很大，看得出它有些不高兴了。

"是的，龙王，当时我确实听到'哎呀，肝儿都被你吓掉了'的话。"乌龟回答说。

"我看应该先要了你的命，吃了你的肝儿!"龙王生气了。

乌龟的腿都吓软了，兔子连忙搀住乌龟。

"尊敬的龙王，您千万别动怒，既然我的肝儿能医治好您的病，那我就和乌龟马上出发，把我的肝儿取回来。用我的肝儿给您治病，是我一生中最大的荣幸!"兔子对龙王说。

"赶快带兔子把肝儿取回来，不然我要了你的小命儿!"龙王对着乌龟呵斥道。

于是，乌龟驮着兔子离开龙宫，再一次来到了陆地。

兔子回到自己的家园，东瞅瞅，西看看，开心极了。

"唉，龙宫再好也不如我的山坡啊!"兔子蹦蹦跳跳。

"兔子大哥，快去把你的肝儿取回来吧，龙王还等着咱们呢!"乌龟心里非常着急。

"小喜鹊、小狐狸，你们快出来，我回来啦!"兔子大声喊着，向树丛里跑去。

"喂，兔子大哥，等等我！快去找你的肝儿，咱们还得赶回龙宫呢！"乌龟伸长脖子，大声喊道。

兔子回过头，看了乌龟一眼。

"我发现，你不仅是个丑八怪，还是个大笨蛋。你也不想想，我的肝儿能吓掉吗？你还是回去把你的肝儿挖出来献给龙王吧！"兔子轻蔑地说。

乌龟一屁股坐在地上，再也爬不动了。

"是啊，兔子说得太对了。我不仅是个丑八怪，还是个大笨蛋。我怎么就没想到，兔子的肝儿不会被吓掉呢？要是肝儿被吓掉了，怎么可能活着呢？"乌龟懊恼不已。

兔子一蹦一跳，越走越远了。乌龟想，兔子没抓到，龙王肯定会要自己的命。可是如果留在这里，兔子会告诉大家我是个骗子，那样又有谁会和我交朋友呢？

从此，乌龟便生活在水边，既不敢爬上陆地，也不敢回到海里。

慷慨的穷人

有一个叫金良玉的男孩儿，从小热爱学习，爸爸去世后，就跟妈妈一起生活。为了供他读书，妈妈花光了家里的全部积蓄。

一天晚上，妈妈在书房门前走来走去，眉头紧皱，最后走进书房。

她把金良玉叫到跟前，犹豫地从衣袖里抽出几张纸条递给他。纸上写的全是人名和地址。

"妈妈，这是什么？"金良玉不明白这是什么意思，抬头望着妈妈。

"我们现在生活很困难，你到全罗道燕岛上去，那儿有很多咱们的亲戚和朋友，或许他们能帮咱们。"妈妈告诉金良玉。

妈妈离开后，金良玉躺在床上辗转反侧。

"明天就要去借钱了，我该怎么向亲戚朋友们开口呢？"金良玉紧皱着眉头。

"不用发愁，他们一定会帮助你的，开心点儿。"天上的星星调皮地对他眨着眼睛，好像在和他说话。

可是，金良玉却怎么也开心不起来。

第二天，金良玉早早就爬起身，穿上一身带补丁的衣服，离开了家。

几天后，金良玉顺利地到了岛上。岛上共有一百多户人家，金良玉逐家拜访，大家热情地接待了他。

临走时，金良玉想提一下借钱的事儿，但看到大家如此热情，又不好意思开口了。

从金良玉的穿戴上，大家早已猜出了他的生活状况，便送给他很多钱和布匹，足足拉了一牛车。

看着这些财物，金良玉感动得扑通一声跪在地上，给大家磕了三个响头。

"谢谢你们！"金良玉含泪说道。

"谢什么，快起来，快起来！大家都是自己人！"众人赶紧上前扶起金良玉。

金良玉千恩万谢地告别大家，离开了小岛。

金良玉跳上牛车，大家还站在那儿不住地向他挥手。

"叔叔阿姨们，再见了！"金良玉大声喊道。

金良玉拿起鞭子，啪啪甩了几下，牛车就缓慢地向前走去。

直到望不见大家了，金良玉才放下鞭子，掏出那些纸条，将它们撕得粉碎，然后抛向天空。

"你走累了吧？我知道你一路辛苦，可是还得加把劲儿，妈妈还在家里等着呢，不能让她担心！"金良玉再次甩了个响鞭对牛说。

牛似乎听懂了他的话，卖力地跑起来。

金良玉赶着牛车来到渡口。这时已是冬季，寒风刺骨。江边不远处，有一对老夫妻和一个中年女人正在抱头痛哭，看来是遇到难事了。

哭着哭着，老爷爷突然往江边奔去，老奶奶和中年女人追赶上去，要和老爷爷一起跳江。

"不好，有人要跳江！"金良玉立刻停下牛车。

金良玉跳下牛车，跑到他们面前。

"到底发生了什么事儿，为什么要跳江?"金良玉关心地问道。

"我只能以死来解脱了！"老爷爷哭诉着。

原来，老爷爷有一个三代单传的儿子，叫金勇，是个掌管官库的小官。

去年，金勇的一个朋友从官库里借了一些钱做生意，说很快归还。可是一年过去了，还不见朋友来还钱，金勇就因挪用公款被判了死刑。

"如果拿不出两千两银子赎人，明天就要行刑了！可是家里并不富裕，时间又这么紧，上哪儿去弄钱啊？"老爷爷哭诉道。

金良玉流下同情的眼泪。

"车上的钱物虽然够我和妈妈生活十年了，但终有用完的那一天。倒不如我们苦点儿，救下这四条人命！"金良玉心一横，作出了决定。

"你们等着，我去去就来！"金良玉对三人说道。

三个人抬起头，含泪望着金良玉的背影，仿佛在他身上看到了希望。

"牛儿啊，对不起，有人遇到了难处，急需用钱，只好把你和车上的钱财送给他们救急了。"金良玉抚着牛头深情地对牛说。

牛好像听懂了他的话，用头轻轻蹭着他的脸。

金良玉紧紧抱住牛的脖子，眼泪唰唰地流下来，不停地抚摸着牛，然后擦干眼泪，赶着牛车，向老爷爷一家人缓缓走去。

"老爷爷，把车上的布卖掉换钱，再加上车上装的钱，应该够救您儿子了。"金良玉把牛交给老人。

看到一车钱物，老爷爷一家人十分感激。

"谢谢你，谢谢你，现在儿子终于有救了！"老爷爷热泪盈眶。

老爷爷一家人问金良玉的住址，说以后一定登门答谢。

金良玉说，他不图回报，只想救人，说完便跑回渡口，跳上船。

金良玉站在船头，听着江水哗啦啦地流淌，露出甜甜的微笑。寒风阵阵，但他却感觉不到冷，仿佛有一双温暖的手正在抚摸他的脸庞。

他挺胸昂头，吹着口哨，好像得到了表扬一般。

鸟儿在他的头上画了几个圈儿，然后向高空飞去。

"助人为乐的感觉真好啊！"金良玉大声喊道。

快要到家了，金良玉远远就看见妈妈正在院外不停地张望。

"妈妈不会责怪我吧？"金良玉忐忑不安。

"良玉，你可回来了，担心死我了！"妈妈立刻跑过来，哭着抱住了儿子。

"我这不是好好回来了嘛，您应该高兴才对，哭什么呀！"金良玉为妈妈擦去泪水。

妈妈松开儿子，擦干眼泪，脸上露出了欣慰的笑容。

"我这是高兴，走，回屋，外面冷！"妈妈高兴地说道。

进屋后，妈妈将儿子拉到火炉旁烤火。

"良玉，岛上的亲友对你怎么样？"妈妈问道。

"他们对我都非常热情，很喜欢我。"金良玉高兴地回答说。

"那他们有没有帮助咱们啊？"妈妈又问。

"这……"金良玉低下了头，吞吞吐吐。

看到这种情形，妈妈不禁皱起了眉头，脸上露出失望的表情。

犹豫片刻，金良玉终于鼓起勇气，扑通一声跪在妈妈面前，决定将实情和盘托出。

"对不起，妈妈！"金良玉把救人的事儿说了一遍。

妈妈听后，非但没有责怪儿子，反倒夸奖他。

"你做得很对，真是妈妈的好儿子，我们就是再穷，也不能见死不救！"妈妈高兴地说。

金良玉一家的生活每况愈下。

每天，他们都以稀粥充饥。孝顺的金良玉总是把粥里的碎米盛给妈妈，自己只喝米汤。妈妈十分感动，不时流出愧疚的眼泪。

"妈妈，你看我的身体不是很棒嘛，少吃点儿没关系！"金良玉总是拍着胸脯安慰妈妈。

可是一到晚上，金良玉的肚子就会咕噜咕噜地唱起歌来。为此，他还发明了一个忍受饥饿的方法——用一根麻绳勒紧肚子，如果再睡不着，就大声念书。

两年后，金良玉和妈妈的生活更艰难了。为了生活，妈妈卖掉了家里所有值钱的东西。

一天，妈妈看见金良玉唉声叹气，便知道他又在为生活发愁，于是趁金良玉外出的机会，将床下的一个木箱拽出来，拂去上面的灰尘，取出一轴画，然后紧紧抱在怀里，泪流满面。

这天晚上，妈妈拿着画来到金良玉的房间。

"儿子，这是一幅名画，是咱家的传家宝！你明天把它拿到城里卖了吧！卖的钱足够把村口的水车房买下来，每年的租金能买三十石米，这样，咱们就不愁吃饭了。"妈妈说着转过头去，默默地流泪。

看到这种情景，金良玉不由得羞愧地低下了头。

"我怎么这么没用，连妈妈都养活不了，还要卖掉传家宝。"金良玉的心都要碎了。

"儿子，别难过，等咱们有了钱还可以把它买回来。"妈妈好像看透了儿子的心思。

金良玉接过画，使劲擦了把泪，点了点头。

进城的前一天，金良玉为妈妈挑了满满一缸水，准备了一个月的米和柴火。

"妈妈，都准备好了，这段时间你就不用发愁了！"金良玉对妈妈说道。

"嗯，妈妈的好儿子，真孝顺啊！"妈妈不住夸奖儿子。

第二天，金良玉告别了妈妈，上路了。

金良玉来到城里，找到一家古董店，把藏在怀里的轴画拿了出来，小心翼翼地递给老板。

"这果然是真迹啊！"经过仔细研究，老板作出判断。

"一个穷小子哪儿来的名画？"老板摘下花镜，仔细打量金良玉。

"老板，我急着用钱，所以才忍痛卖掉传家宝！"见老板有些怀疑，金良玉急忙解释道。

"好吧！"老板说完掏出一百五十两银子，递给金良玉。

黄昏时分，金良玉找了家客栈住下来。

"但愿这笔钱，能让我和妈妈的生活好起来……"晚上，金良玉久久不能入睡，辗转反侧。

半夜，隔壁传来女孩子的哭声。

哭声实在太大了，而且一阵接着一阵，害得金良玉一宿没有睡觉。

第二天，金良玉早早起来，吃过早饭，结完账准备上路。

客栈的隔壁是一间破烂的草房，房门大开着，里面乱七八糟。一个男人正拉着一个十五六岁的女孩儿往外走。女孩儿哭着不走，男人便拼命地往外拽。后边一个五十多岁的女人拉着女孩儿不放手。

"怎么回事儿?"金良玉看到这一幕,立刻产生了怀疑。

这时,男人一脚踢倒女人。

"不还钱,就得拿女儿抵债!"男人恶狠狠地喊道。

"原来这对母女欠了这个男人的钱。上次因为救人,害得和妈妈过了这么长时间的苦日子。这回不能再救了!"金良玉暗自琢磨。

"先生,你就行行好吧,她是我唯一的女儿,你要是把她卖了,我也活不成了!"老女人苦苦哀求。

男人恼羞成怒,抬起脚又要踢女人。

女孩儿使劲挣脱男人，用身体护住妈妈。

"天无绝人之路，好心有好报。"金良玉突然想起妈妈的话。

"住手！"金良玉鼓起勇气，大喊一声。

"你是哪儿来的，管什么闲事儿！"男人斜眼看了金良玉一眼，不屑地说道。

金良玉没理他，径直走到女人面前。

"大妈，怎么回事儿？"金良玉问道。

原来女人的丈夫借钱买了一块旱田，本想改成水田，但工程还没结束就得病死了。借的钱连本带利滚到了一百二十两银子。还不起钱，债主就要用她女儿杨美玉顶债。

"现在还有一百四十五两银子，拿出一百二十两给她们还债，还剩下二十五两，够生活一段时间了，以后的事儿，走一步看一步吧！"金良玉想。金良玉拿出一百二十两银子，递给男人，然后将借据撕得粉碎。

母女俩见此情形，立即给金良玉跪下。

"谢谢，谢谢，你就是我们的大恩人！"女人连连致谢。

"起来，快起来！"金良玉说着想将她们扶起。

她们却跪着不起来，恳求去金良玉家报恩。

金良玉哪里肯答应。

"恩人，你要不带我和美玉走，我们就这样一直跪下去！"女人态度坚决。

金良玉没办法，只好带着她们母女回家。

到家后，金良玉就把事情的原委告诉了妈妈，又给妈妈介绍了母女俩。

"良玉，你又做了一件大好事儿！美玉以后就是我的干女儿！"妈妈高兴地说。

从此，金良玉的家里就经常传出欢乐的笑声。

母女俩安顿下来后，经常为村里人做针线活、洗衣服，补贴家用。金良玉家的生活很快有了转机。

金良玉把家里的事情交给杨美玉打理，开始专心读书。

第二年春天，不幸再一次降临到金良玉的头上。他得了一场大病。杨美玉不顾被传染的危险，日夜守在他的床边。

在杨美玉的悉心照料下，金良玉终于脱离了危险。

一天晚上，金良玉深情地对杨美玉说："美玉，谢谢你，这些天多亏你精心照料，我才这么快就康复了。"

"别这么说，我和妈妈能有今天，都是因为你，我愿意一辈子伺候你！"杨美玉动情地说道。

在烛光的映照下，杨美玉的脸红得像个熟透的苹果，声音低得像只蚊子。

"真的吗?"金良玉受宠若惊。

"嗯，一辈子。"杨美玉回答说。

"美玉，你真好……"说着，金良玉将杨美玉一把揽在怀里。

杨美玉把脸贴在他的胸口，享受着爱情的甜蜜。

母亲看到了这一幕，便在当年秋天，为他们举行了婚礼。

一家人幸福地生活了三年。

三年后，不幸再次降临，金良玉的妈妈得了重病，卧床不起。

金良玉每天给妈妈端汤送药。

这天，金良玉正要给妈妈喂药。

"良玉，我来喂婆婆。"杨美玉见了，急忙跑过来。

看到这种情形，婆婆苍白的脸上露出欣慰的笑容。

"好，让美玉伺候我吧！"婆婆笑着说。

"婆婆都发话了，快把药给我。"杨美玉像一个调皮的孩子，抢过药碗。

喂过药后，他们一直守候在母亲身边。

早晨，妈妈一觉醒来，看见小两口坐在床边。

"又是一宿没睡吧？"妈妈问道。

"我们不困。"杨美玉摆着手说。

"我知道你们孝顺。我这儿没事了，你们快去睡觉吧！"妈妈又咳了起来。

杨美玉见了，赶忙帮婆婆拍背。

晚上，妈妈终于睡着了，金良玉悄悄来到书房，蹲在地上抱头痛哭。

杨美玉也跟进来，蹲到丈夫跟前。

"别这样，妈妈会好起来的。"杨美玉拍着丈夫的肩膀安慰道。

过了几天，妈妈还是离开了人世。

金良玉把自己关在书房里，每日以泪洗面。他烦极了，甚至书和床都在惹他不高兴。

"先生，别再伤心了。"书劝说道。

金良玉没有理会，仍呆坐在那儿。

"先生，我给你讲个故事吧！"书继续说道。

"主人好多天都没睡觉了，哪有精神听你讲故事！"床表示反对。

"我讲的故事，能让主人振作起来。你能为主人做些什么？"书高傲地说道。

"我能让主人舒舒服服地睡上一觉。"床不甘示弱。

"吃饭啦！"杨美玉端着饭菜走进书房。

"我不想吃，你自己吃吧！"金良玉说道。

"你已经好几天没吃东西了，身体怎么能扛住！"杨美玉劝说道。

"说不吃就不吃，你烦不烦啊！"金良玉不耐烦地一扬胳膊，掀翻了碗。

杨美玉见了，悄声流下眼泪。

"对不起，我知道你是对我好，我不该冲你发脾气。"金良玉小声说道。

"我知道你很难过，但你应该尽快振作起来呀！"杨美玉继续劝说。

杨美玉天天陪着丈夫，一再劝说。

"妈妈活着没享什么福，不能就草草地把她埋了！"金良玉想。

"美玉啊，我想把妈妈埋到有山有水的地方，你看怎么样?"金良玉问杨美玉。

"好啊！"看到丈夫终于开口了，杨美玉非常高兴。

第二天天刚亮，金良玉就出发了。

杨美玉站在院门口，望着金良玉远去的背影，不禁流下眼泪。

"美玉，我很快就会回来的！"金良玉转身高喊道。

金良玉一路寻找，始终没有找到理想的墓地。

这时，他擦擦额头上的汗，抬头望着金灿灿的太阳。

"唉，都这么多天了，还没有找到！"金良玉有些灰心了。

"良玉，你要继续找下去，你的孝心会感动一切的！"太阳在鼓励他。

金良玉听后受到极大鼓舞，冲着太阳点点头，继续寻找。

一只小鸟飞过来，叽叽喳喳地绕着他飞翔。

功夫不负有心人，一个月后，金良玉终于在金刚山附近找到一块儿风水宝地。

"有山有水，鸟语花香，真是个好地方啊！"金良玉感叹道。

金良玉赶紧跑进村子，打听那块地的主人。

"这些山林和农田都是那家的，主人叫张一浩，听说他从不出让林地。"村民指着一间大瓦房告诉金良玉。

金良玉惴惴地向张家走去。

来到院门前，金良玉又有些犹豫了。

"要是人家不同意，我该怎么办呢?"金良玉暗想。

金良玉停下脚步，犹豫再三，最后还是敲开了院门。

"对不起，打扰了。我想在您这里借宿一晚，可以吗?"
金良玉对主人说道。

"好，没问题。"主人热情地把他迎进屋。

在主人盛情邀请下，金良玉和主人一家一起吃晚饭。晚
饭过后，金良玉琢磨着怎么跟主人提墓地的事儿。

突然，"咚"的一声，一个女人推门进来。

"对不起，请问您是否在六年前的冬天，赶着牛车路过
了一个渡口?"女人急切地问道。

"是有这么回事儿，怎么啦?"金良玉感到奇怪。

"当时您是不是救了三个要跳江的人?"女人继续追问。

"是的。"金良玉点了点头。

他很疑惑，刚想问个究竟，女人突然一把抓住他的衣

袖，热泪盈眶。

"您这是怎么啦?"金良玉瞪大了眼睛。

"我就是金勇的妻子。"女人说着将丈夫介绍给金良玉。

金勇握着金良玉的手，激动地说不出话来。老爷爷和老奶奶也走进来，四人跪在金良玉面前，不停地磕头。

"快起来!"金良玉见状赶紧上前扶起他们。

"当初，因为我挪用官银被判死刑，要不是您出手相救，我早就没命了，我的家人也早就投江了。您的大恩大德我该怎样报答呢?"金勇说完又磕起头来。

"你们怎么搬到这儿了?"金良玉问道。

"救出儿子后，儿子的朋友第二年也回来了。他做生意赚了一大笔钱。为了表示歉意，他将一半的钱分给了我们。"老爷爷详细说了事情经过。

"只是无法报答恩人，我们总觉得不安。请问恩人，您有什么事需要帮助吗?"老爷爷问道。

金良玉讲述了来这里的原因。

"没问题，这附近的山林和田地您尽管用。"老爷爷非常慷慨。

"谢谢，谢谢啦!"金良玉连忙道谢。

老爷爷一家为金良玉的妈妈举办了一个盛大的葬礼。

葬礼过后，老爷爷一家要送给金良玉一半家产。

"不行，绝对不行!"金良玉连忙摆手。

"你们已经把墓地给了我，又为我妈妈办了葬礼，我已经感激不尽了。"金良玉说道。

"其实，这些当初就是为您准备的。终于老天开眼，让我们遇见了您，您必须得收下。"女人态度坚决。

金良玉坚持不收。

"您不收下，我就一直跪下去。"女人说道。

金良玉无奈只好收下了。真是好人有好报，金良玉一家从此过上了幸福生活。

人鱼公主

　　在蔚蓝色的大海中，生长着许多奇异的树木和花朵，各种鱼儿欢快地在水中游来游去。在海的最深处，有一座用宝石砌成的宫殿，里面住着海王和他的女儿们。

　　海王的妻子去世了，平时都是母亲替他管理家务。海王的母亲是一个绝顶聪慧的女人，只是经常显示出一副高高在上、不可一世的样子。她非常疼爱海公主们，也就是她的孙女。她们是六个美丽的姑娘，其中小女儿更是美貌无比。不过，跟姐姐们一样，她没有腿，身体的下部是一条鱼尾。

海公主们大部分时间都待在王宫里。平时，鱼儿会游到公主们跟前，在她们的手里找东西吃，让她们抚摸自己。

宫殿外面有一座很大的花园，每一位公主都有属于自己的一小块领地。有的公主把自己的花坛布置得像一条鲸鱼，有的布置得像一条小人鱼，但最小的公主却把自己的花坛布置得像一轮太阳，还在上面种植了一些太阳般火红的花朵。

小公主是一个古怪的孩子，平时不爱讲话，总是静静地坐在那里想着什么。姐姐们经常会用从沉船里找到的奇珍异宝来装饰自己的花坛，小公主却从不参与。她望着一尊大理石像，那是一位英俊的男子，它是跟一条遇难的船一同沉到海底的。

小公主平时最喜欢听人世间的故事，祖母就倾其所有讲给她听。最让她感到新奇的是，地上的森林是绿色的，地上的花儿能散发出清香，小鸟会歌唱，而这些是海里根本没有的。

"等到了十五岁，我就准许你们浮到海面上去。那时你们就可以看到巨大的船，还可以看到树林和城市。"祖母对孙女们说。

过了一年，最大的公主十五岁了，而最小的公主还要再等上五年才能浮出海面。不过每一位公主都答应，要把所看到、听到的东西讲给大家听。在这些公主中，谁也没有像小公主那么渴望浮出海面，而她等待的时间却最久。

有很多个夜晚，她站在窗边，透过深蓝色的海水朝上面凝望。每当头顶有一块黑云般的东西浮过，她便知道有一条载着许多旅客的船正经过这里。可是这些旅客却想象不到，在他们下面有一条美丽的人鱼，正朝着他们伸出一双洁白的手。

一天，大公主从海面回到宫殿，对妹妹们说，夜晚海面风平浪静的时候真是太美了，可以躺在沙滩上凝望大城市的万家灯光，静静地倾听肃穆庄严的钟声、美妙的音乐、人们的喧闹、马车的嘈杂，观看教堂的圆顶和尖塔。最小的妹妹听得特别出神。

晚上，小公主再次透过深蓝色的海水朝上望去，仿佛听见了教堂清脆的钟声。

第二年，第二个姐姐又浮出了水面。当她浮出水面的时候，正赶上太阳徐徐落下。

又过了一年，第三个姐姐也浮出了水面。她是姐妹中最大胆的一个，竟游到了一条和大海相通的河里。在一个小河湾，她碰到了一群孩子，他们光着身体，在岸边嬉戏打闹。她很想跟孩子们玩一会儿，可是看到她孩子们都吓坏了。一条小狗跑过来，对她汪汪叫个不停，吓得她急忙逃走了。可是壮丽的森林、绿色的山峦，还有那些可爱的孩子，却永远地留在了她的记忆里。

第四个姐姐可没有那么大胆，仅仅停留在荒凉的海面上。她对大家说，最美的就是停留在海面上向远处张望。她看到了船只，还看到了海豚。

第五个姐姐浮出水面时，恰巧是在冬天，巨大的冰山在大海上漂浮。她说，每一座冰山看起来都像是一颗珍珠。她曾坐在一座最大的冰山上，让海风吹拂着自己细长的头发，所有的船只都绕她而行。黄昏时分，天上忽然飘来一片乌云，海面掀起黑色的巨浪，所有的船只都收了帆，只有她仍安静地坐在浮动的冰山上，望着天空的闪电。

尽管外面的世界丰富多彩、千姿百态，但五个姐姐还是认为在海里生活是最舒服的。一天晚上，姐妹们手挽手浮出海面，最小的妹妹望着她们的背影，心里一阵难受，很想大哭一场，但人鱼是没有眼泪的。

"如果我也十五岁就好了，我一定会喜欢外面的世界，喜欢住在那个世界里的人。"小人鱼心想。

这一天，小人鱼终于十五岁了。

"你现在可以离开我们了，让我把你打扮得像你的姐姐们一样漂亮。"祖母对她说。

祖母在小人鱼头上戴上一个用百合花编织的花环，又叫八只大牡蛎紧随其后，以此显示她高贵的身份。

"我真的很难受！"小人鱼说。

"为了漂亮就要吃点儿苦头。"祖母说。

此时的她多么想摆脱这些装饰，把沉重的花环扔到一边啊！但是，她不敢这样做。

"再见啦！"小人鱼对祖母说，然后像一个水泡，轻盈地浮出水面。

当她把头伸出海面的时候，太阳已经落下，海面非常平

静，停着一艘大船，水手们闲坐在甲板上。天色越来越暗，突然，五颜六色的灯一齐亮了起来。

这时，小人鱼向船舱的窗口游去。透过玻璃，她看见了衣着华丽、长相英俊的王子。今天是他的生日，这里正举行一场聚会，气氛非常热烈。

"啊，年轻的王子多么英俊啊！"小人鱼想。

夜已经深了，小人鱼仍没有办法把视线从英俊的王子身上移开。这时，海的深处响起了隆隆的声音，船开动了。

行驶不久，可怕的风暴来了！水手们急忙收帆，大船在怒吼的海上摇晃前行。小人鱼觉得这是一次有趣的航行，可是水手们却不这样认为。

突然，船体发出碎裂的声音，厚厚的板壁被袭来的海浪打破，桅杆像芦苇似的被拦腰折断。后来，船开始倾斜，水涌进船舱，这时小人鱼才意识到他们遇到了危险。

船慢慢下沉，小人鱼看见了王子。她一阵狂喜，因为王子就要落到她这儿来了。可是转念一想她又犯愁了，因为人类是不能生活在水里的，除非是死人。不行，绝对不能让他死去！小人鱼游到王子身边，将他的头托出水面，让波涛带着他们随风漂流。

天亮时分，风暴过去了，太阳升了起来。王子的眼睛仍然紧闭着，小人鱼在他的额头上吻了一下，把他湿透的头发理向脑后。她觉得王子很像海底小花园里的那尊石像。她又吻了王子一下，希望他能苏醒过来。突然，她看见了连绵的山峦、山顶的白雪、海岸的绿色森林、森林前的一幢建筑和花园里的柠檬、橘子树。她托着王子向岸边游去，将他放到岸上，小心翼翼地将他的头暴露在温暖的阳光下。

这时，几个年轻女子从花园里走出来。小人鱼怕被别人发现，急忙游到几块大石头后面，然后用海水的泡沫盖住头发和胸脯。她凝望着，想看个究竟。

不一会儿，一个年轻女子走了过来，看见了王子。她似乎非常吃惊，便找来了同伴。王子慢慢苏醒过来，向周围的人微笑了一下。小人鱼感到非常难过，因为王子不曾对她微笑过。看到王子被抬进屋子，她悲伤地回到父亲的宫殿。

回去后，姐姐们问她第一次浮到海面上的感想，但她什么也没说。

后来，她经常浮出水面，去曾经放下王子的海边。她看到花园里的果子熟了，高山顶上的雪融化了，但始终不见王子。每次回家，她都感到很痛苦，唯一的安慰就是坐在小花园里，欣赏酷似王子的大理石像。最后她将自己的心事告诉了姐姐们。她们之中居然有一位知道王子，知道他是从什么地方来的、他的王国在哪里。

"来吧，小妹妹！"姐姐们说。她们手牵着手，前往王子的宫殿。王子的宫殿是一座淡黄色石头建筑，有许多大理石台阶，一些台阶居然还伸到了大海里。

小人鱼终于知道王子的住处了。以后的日子，她经常游到王子宫殿的附近，静静地坐着，看着年轻的王子。有几个夜晚，她遇见了一些打着火把出海捕鱼的渔夫。从他们的对话中，小人鱼知道了不少关于王子的事情，知道他非常受民众的爱戴。她常常回忆救起他的情景，王子躺在她的怀里，她热情地吻他。可惜的是，这些事情王子一点儿也不知道，连做梦也不会梦到她。

小人鱼渐渐开始羡慕起人类来，开始盼望能够生活在他们中间。她想知道的东西太多了，可是姐姐们无法回答她所有的问题。她只好去问祖母。

"人类会死吗?"小人鱼问。

"他们会死的，生命比我们要短，我们可以活到三百岁。不过，当我们的生命结束时，我们就会变成水上的泡沫，我们是没有灵魂的。相反，人类是有灵魂的。"老祖母说。

"只要能够变成人，我情愿用三百年的寿命换取人间的生活，哪怕只活一天。"小人鱼感叹道。

"你决不能有这种念头，因为我们的生活要比人类幸福和美好得多!"老祖母说。

"难道就没办法得到一个永恒的灵魂吗?"小人鱼悲伤地

问道。

"没有，只有当一个人爱你，把你当作比自己父母还亲近的人的时候，他的灵魂才会转移到你身上。但是这样的事情是永远不会发生的，因为我们没有像人类那样的两条腿！"老祖母说道。

小人鱼叹了口气，悲哀地看着自己的尾巴。

"让我们快乐些吧，今晚就在宫里开一个舞会。"老祖母很高兴。

舞会十分热闹，而且场面宏大。

舞会上，小人鱼的歌声最美，大家都为她鼓掌。她感到非常快乐，但不觉间又想起了外面的世界。她忘不了英俊的王子，偷偷走出宫殿，悲伤地坐在小花园里。

忽然，一阵号角声传来。小人鱼想，一定是王子又在上面行船了。她无时无刻不在思念着王子，所有事情都能联想到王子。

最终，小人鱼作出了一个决定——为了幸福，要不惜一切争取得到王子的爱和一个不灭的灵魂。

"我要去拜访海巫婆，虽然我很怕她，但也许她可以帮助我。"小人鱼想。

小人鱼出了花园，向一个漩涡游去——海巫婆就住在它后面。这里没有花，也没有海草，只有光溜溜的一片灰色沙地。要想到达海巫婆的住处，小人鱼还要通过一片冒着热泡的泥潭。

泥潭后面有一座可怕的森林，海巫婆的房子就在里面。这里到处都是珊瑚虫，看起来就像是地里冒出来的多头蛇。这些珊瑚虫非常凶恶，会紧紧抓住周围的任何东西。

望着眼前的恐怖森林，小人鱼停下脚步，差点儿转回身去。但一想到王子和永恒的灵魂，她又鼓起了勇气。她把长发牢牢地缠在头上，防止被珊瑚虫抓住，将双手紧紧贴在胸前，在这些丑恶的珊瑚虫中左躲右闪、蹦来跳去。

突然，前面出现了一块黏糊糊的空地，又大又肥的水蛇在上面扭来扭去，露出奇丑无比的淡黄色肚皮。在空地中央有一幢用死人白骨砌成的房子，这就是海巫婆的家。

此时，海巫婆正蹲坐在门旁喂一只癞蛤蟆。她把奇丑的水蛇称为小鸡，让它们在自己肥胖松软的胸口上爬来爬去，恶心极了。

"我知道你的来意。你太傻了，这件事将会给你带来悲惨的结局。你想去掉鱼尾，生出两条腿，想让王子爱上你，从而得到一个不灭的灵魂。"说完，海巫婆狞笑起来。

癞蛤蟆和水蛇滚到地上，爬来爬去。

"我可以煎一服药给你，你带着药，在太阳出来之前赶快游向陆地。然后，你坐在海滩上，把药吃掉，你的尾巴就可以变成两条漂亮的腿了。但这是很痛苦的，就像是一把尖刀插进了身体。你将保持着轻盈的步伐，不过每走一步就如同在刀尖上行走一样。如果你能忍受这些痛苦，我就答应帮你。"海巫婆说道。

"我能忍受。"小人鱼态度很坚定。

"你要记住，一旦获得了人的形体，你就再也不能变成人鱼，再也无法回到海里了。假如你得不到王子的爱情，也就得不到不灭的灵魂。在他跟别人结婚的第二天早晨，你的心就会碎裂，变成水上的泡沫。"看到小人鱼坚毅的神情，海巫婆继续说。

"我不怕!"小人鱼非常坚定。

"不过，你还得付给我酬劳。你必须拿你最动听的声音来交换这服药!"海巫婆说。

"如果把我的声音拿去了，那么我还剩下什么呢?"小人鱼问。

"你还有美丽的身材、轻盈的步伐和美丽的眼睛呀！伸出你的舌头吧，只要我割下它，你就可以得到这服药了。"海巫婆回答说。

"好吧，只能这么办了！"小人鱼说。

听了小人鱼的话，海巫婆开始煎药。

海巫婆把几条蛇打成一个结，用它擦洗药罐，然后把自己的胸口抓破，让黑血滴到罐子里。药的蒸气慢慢上升，看起来很吓人。海巫婆每隔一会儿就往药罐里加一些东西。当药煮到滚开时，一个类似鳄鱼哭泣的声音传出来，药终于煎好了。

"拿去吧！"海巫婆说。

海巫婆依照约定把小人鱼的舌头割掉，从此小人鱼就成了一个哑巴，既不能唱歌，也不能说话。

"穿过森林的时候，你只需把药水洒一滴到珊瑚虫的身上，它们的手臂和指头就会裂成碎片，再也不会伤害到你。"临走时，海巫婆交代小人鱼。

其实，小人鱼根本没必要这样做。在她靠近森林的时候，那些珊瑚虫早就惶恐地缩了回去。就这样，她很快地穿过森林，越过泥潭和湍急的漩涡。

回到宫殿，舞厅里的火早已熄灭，里面的人也都入睡了。小人鱼不敢去看他们，因为她现在已经是一个哑巴，而且就要永远地离开他们了。她的心疼痛得几乎要裂成碎片。她偷偷走进花园，在每个姐姐的花坛里摘下一朵花，眼泪汪汪地回望了一眼宫殿，然后浮出海面。

当小人鱼赶到王子宫殿的时候，太阳还没有升起来。她优雅地坐在那段通向大海的大理石台阶上，喝下用声音换来的昂贵的药。

很快，她觉得好像有一把尖刀慢慢划过她瘦弱的身体。一阵剧痛，她昏了过去。

当小人鱼醒来时，年轻英俊的王子站在她的面前。小人鱼惊喜地发现，她的鱼尾已经变成了一双修长的腿。王子问她是谁，怎么会来到这里。小人鱼没有说话，只是用一双深蓝色的眼睛温柔地望着王子。

王子牵起小人鱼的手，把她领进宫殿。正如海巫婆曾经说过的那样，她觉得每一步都好像是在刀尖上行走，可是她甘愿忍受这样的痛苦。

她面带满足的微笑，轻挽着王子的手臂，走起路来轻盈得就像一个气泡。宫殿里的人看到小人鱼的美貌，都惊呆了。

在王子的宫殿，小人鱼换上了用绸缎和轻纱做成的华丽衣服。虽然她是宫殿里最漂亮的女人，但却是个哑巴，既不能唱歌，也不能说话。

漂亮的女仆们为王子和他的父母唱着歌。其中一个女仆唱得很好，王子听了，不禁鼓起掌来，还对她露出灿烂的微笑。看到这样的情景，小人鱼感到一阵悲凉，因为她过去的歌声比这美多了！

"但愿他能知道，为了和他在一起，我永远地牺牲了美丽的声音!"小人鱼一阵心酸。

美妙的音乐再次响起,大家跟着音乐跳起优雅的舞蹈。小人鱼举起光滑的胳膊,用脚尖站立,翩翩起舞。还从来没有人跳过这样的舞蹈,她的每一个动作都显得那么协调,流露出与生俱来的高贵。大家都看得入迷了,尤其是王子。

小人鱼不停地跳着、旋转着,虽然她的脚在接触地面时异常疼痛。

王子说,她以后应该永远跟他在一起。

王子对小人鱼很好,特意叫人为她做了一套男子的服装,这样他们就可以一起骑马了。他们走过香气扑鼻的树林,绿色的树枝扫过他们的臂膀,鸟儿在鲜嫩的叶子后面唱着歌。有的时候,小人鱼还会和王子一起去爬山。虽然她细嫩的脚已经磨出了血,但她还是笑声不断,继续伴随着王子。

一天夜里,小人鱼的姐姐们手挽着手浮出海面。她们一

边在水上游泳，一边唱着悲伤的歌。小人鱼看到姐姐们，就向她们招手，大家终于聚在了一起。

自从这次以后，姐姐们每天晚上都会来看望她。

有一天晚上，小人鱼远远地看见了多年不曾浮出海面的祖母和戴着王冠的海王。他们对小人鱼伸出手来，但没有靠近她。

随着时间的推移，王子更爱小人鱼了，但却未曾表露要娶小人鱼的想法。然而，小人鱼必须要做他的妻子，否则就不能得到一个不灭的灵魂，而且会在他结婚的第二天早上变成泡沫。

"你爱我吗?"当王子把她抱进怀里时，小人鱼睁着一双大眼睛似乎在问。

"是的，你是我最亲爱的人！因为你有一颗最善良的心，很像我以前见过的一个年轻姑娘，可是我再也看不到她了。那时我坐在一艘船上，巨浪把我推到一幢房子前，一位年轻姑娘发现并救了我。我只见过她两次，她是我在这个世界上唯一爱的人。"王子说。

"啊，他竟然不知道是我救了他的性命！"小人鱼深深地叹了一口气。

不久，百姓们都疯传王子快要结婚了，还说他的妻子是邻国公主，王子为了去见邻国公主特意准备了一艘华丽的船。王子借口说要去邻国观光，其实是要去看邻国公主。

听了这些，小人鱼只是微微一笑，因为她太了解王子了，王子是不会随便就娶一位姑娘的。

"我要去旅行几天，我的父母让我去相看一位公主，但是他们却无法强迫我把她作为未婚妻带回家来。我不会爱她的。如果让我选择新娘，那我选择的一定是你。"王子对小人鱼说。

王子吻了吻小人鱼鲜红的嘴唇，抚摸着她的秀发，弄得她又憧憬起人间的幸福和不灭的灵魂来。

王子和小人鱼站在华丽的船上，向邻国驶去。

"你不害怕大海吗？"王子问小人鱼。

王子谈论着风暴、平静的海面、生活在海里的奇奇怪怪的鱼，还有潜水员在海底所能看到的一切。说到大海，小人鱼只是微微一笑，因为海里的事情她比谁都清楚。

夜里，大家都睡着了。小人鱼坐在甲板上，凝望着深蓝色的海水。她似乎看到了父亲的王宫，看到了祖母头上戴着的王冠。不一会儿，姐姐们浮到了海面，悲楚地望着她。小人鱼向姐姐们招手、微笑，她非常想告诉姐姐们，她现在一切都好，很幸福。不过这时来了一个侍者，姐姐们立刻沉入海里。

第二天，船驶进了邻国港口。在一次舞会上，公主出现了。她非常漂亮，皮肤细嫩光洁，黑色的长睫毛下配着一对迷人的蓝色大眼睛，连小人鱼都不得不承认她的美貌。

"就是你，我乘船在海上遇到了风暴，就是你救了我。"王子激动地把羞答答的公主搂在怀里。

舞会结束了，王子急忙把这件事告诉小人鱼。

"我从来不敢相信的事，竟然成了现实，你会为我的幸福而高兴吧?"王子说。

小人鱼吻了一下王子的手，为他祝福。此刻，她觉得自己的心正在碎裂。

教堂的钟声响了起来，今天是王子和公主举行结婚仪式的日子。教堂的每一个角落，芬芳的油脂在华贵的灯盏里燃烧。新郎和新娘手挽着手接受主教的祝福。晚上，新郎和新娘来到船上。当暮色渐渐变浓，船上彩灯齐放，水手们欢快地在甲板上跳起舞来。

小人鱼知道这是她最后一次看到王子了。为了他，她离开了族人，舍弃了家庭，付出了美丽的声音，每天忍受着没有止境的苦痛，然而王子却一点儿都不知道。舞会一直持续到深夜，大家都非常开心愉快。

夜依然是那么宁静，小人鱼倚在船舷上，凝望着东方，等待着晨曦的出现。她知道，当第一束阳光出现的时候，她将化作泡沫。

突然，小人鱼看到了姐姐们，只是她们美丽的头发不见了。

"我们把头发交给了海巫婆，希望她能帮助你，使你免于一死。她给了我们一把刀。拿去吧，只要在太阳出来前，你把它刺进王子的心脏，让他的热血流到你的脚上，你的双脚就会变成一条鱼尾，回到我们这儿来。快动手吧！一会儿太阳就要出来了。"姐姐们发出一阵叹息，慢慢隐入波涛之中。

小人鱼来到王子的房间，在王子清秀的眉毛上吻了一下。她向窗外望了一眼，朝霞变得更明亮了。小人鱼握着尖刀，手足无措。突然，王子在睡梦中叫了一声新娘的名字。原来，王子的心中只有新娘，小人鱼的手在颤抖。

愣了一小会儿，小人鱼把尖刀远远地扔进了浪花里。尖刀沉下的地方，浪花里射出一道红光，仿佛许多血滴溅出水面。她再次看了一眼王子，然后纵身跳入海中。她觉得自己的身躯在慢慢地化成泡沫。

太阳升起来了，阳光温暖地洒在海面上。小人鱼心如止水，并没有消亡的感觉。

她看着明亮的太阳，看着周围的一切。

"我这是去哪儿呢？"小人鱼问。她重新恢复的声音在浩瀚的大海里显得那么真诚可爱，人世间的任何音乐都无法和它相比。

"到天的女儿那儿去呀！人鱼没有不灭的灵魂，而且永远也不会有那样的灵魂，除非她获得了一个凡人的爱情。她永恒的存在只能依靠外来的力量。天的女儿也没有永恒的灵魂，不过她们可以用善良的行为创造出一个灵魂。我

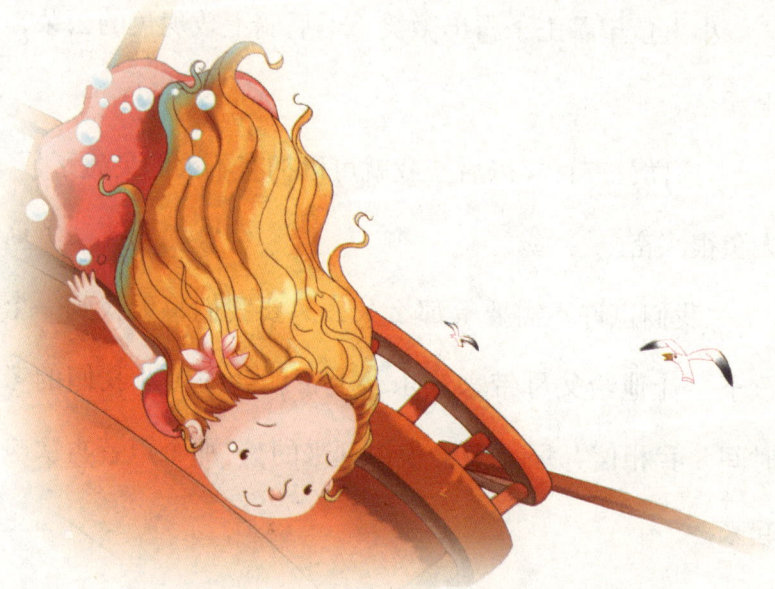

们正飞向一个炎热的国度，那里正被瘟疫笼罩。我们可以吹起清凉的风，传播健康和愉快。三百年以后，当我们尽其所能完成善举，就可以获得一个不灭的灵魂，就可以分享人类的永恒幸福了。"一个声音回答说。

听到这些话，小人鱼第一次流出了眼泪。

透过清澈的海水，小人鱼看见王子和他美丽的新娘正站在船头寻找她。他们悲伤地望着翻腾的海水，好像知道她跳进了波涛之中。

小人鱼望着王子露出微笑，然后骑上玫瑰色的云朵，升上天空。

"这样，三百年以后，我就可以拥有不灭的灵魂了！"小人鱼很兴奋。

"我们也许不需要等那么久，只要我们每天找到一个好孩子，让他给父母带来欢乐，上帝就会缩短对我们的考验时间。我相信，那一天会很快到来的！"那个声音再次响了起来。

小 约 翰

　　小约翰住在一幢带有大花园的老屋里，这里是他的天地，可以尽情玩耍。

　　他给老屋的房间都冠以动物的名字：毛毛虫阁楼、幼鸟房……其实鸟不是自己跑到这里的，而是小约翰的妈妈把它放在这里孵小鸟的。

　　小约翰用植物的名字命名花园里他觉得有趣的东西，在花园的尽头，有一个地方被他称为"天堂"。

　　"天堂"原本是湖边一片小小的绿草地，在温暖的夏日傍晚，小约翰可以在那里一躺就是好几个小时，望着天，从来不觉得厌倦。

在一池平静清澈的湖水旁，太阳刚落山，形成了一个圆形的缺口，闪着柔和红润的光，小约翰静静地躺着，很享受这样的时光。

小约翰不是一个人住在老屋里，有爸爸陪着他。爸爸总是能很好地照顾他。

小约翰家里有一条叫普雷斯托的狗，还有一只叫西蒙的猫。当然，他最爱的还是爸爸。

小约翰有很多同学，但是不能算朋友。他们经常一起玩耍，在校内密谋恶作剧，在校外玩儿强盗游戏，可他从没有那种在家与狗独处时的快乐感觉。

小约翰不再渴望和其他孩子一起玩了，他就喜欢待在自己轻松自在的小天地里。

爸爸是一个聪明而严肃的人，有时会带着他一起去远足。他很少说话，所以小约翰经常走在他身后几步远的地方，和各种植物说话。

有时，爸爸会在沿途的沙地上写字，一个接着一个。小约翰就逐一念出那些字。有时，爸爸会停下来，告诉小约翰一些植物或动物的名字。

小约翰常常会问爸爸和老师一些匪夷所思的问题。

"为什么世界是现在这个样子？"

"为什么植物和动物必须要死？"

"为什么人不能和动物、植物对话？"

"是不是应该有一本'真理之书'，可以给人们带来和平和快乐？书里应该明确说明为什么每样事物就应该是那个样子，这样就不会有人再去提更多的要求了。"

"这个世界上是否真的有奇迹？"

……

他问大人们时，大人们都奇怪地看着他。

晚上睡觉前，小约翰要做祷告，为自己，为爸爸，为狗，而且几乎每次都是以企盼发生一次奇迹作为结尾。

当他说"阿门"的时候，会好奇地环顾半黑的房间，看画上的人物，看门把手，看钟……小约翰想知道奇迹将会如何发生。

可是那些东西一直都是老样子，不过他确信终有一天奇迹会发生。屋里越来越黑，小约翰睡着了。

一个温暖的傍晚，湖水非常平静，一条小船拴在山毛榉树裸露的树根处。

小约翰被严令禁止踏上这条船。可是，这个傍晚太有诱惑力了！云彩形成了一个大大的门，太阳将从那里落下去休息。

小约翰小心翼翼地解开系在小船上的绳子。狗早就跳上了船，他们一起向太阳那边漂过去。

"看，那是什么?"小约翰发现湖面颤动了一下，然后出现了一个圆圈。

圆圈变得越来越大，但是他只能看到一层薄雾。渐渐地，小约翰透过薄雾看见一个细长的人形。那个人穿着浅蓝色的衣服，眼睛非常大，金色头发上戴着用白色牵牛花编成的花环，肩膀上薄薄的翅膀闪闪发光，像肥皂泡似的。

奇迹真的出现了！

"你能和我做朋友吗？"小约翰轻声问。

这种和陌生人打招呼的方式有一点儿奇怪，但是此刻不同寻常，而且他有一种感觉，仿佛早已认识这个陌生的天蓝色生灵。

"可以，小约翰！"天蓝色生灵轻声低语地回答。

"你叫什么名字？"小约翰继续问。

"我出生在牵牛花的花冠里，就叫我'牵牛花小子'吧！今天是我的生日，太阳的最后一束光和月亮的第一束光分别是我的父亲和母亲。人类总是用'她'来称呼太阳，那是不对的，因为太阳是我的爸爸。"牵牛花小子很健谈。

小约翰决定明天上学就用"他"来称呼太阳。

"你是第一个和我说话的人，但我相信你，小约翰，你千万不要和其他人提起我的名字，也不要说关于我的事，能向我保证吗？"牵牛花小子紧张地问。

"能!"小约翰毫不犹豫地回答。

小约翰心里有一种说不出的幸福感,但又唯恐这种幸福感会消失,所以心里一直不怎么踏实。他觉得一切都非常不真实,但狗呼出的热气打消了他的疑虑。在水面上盘旋的小昆虫,和往常一样快乐地飞着。

"小约翰,我经常能在这里看见你。有时我坐在湖底的沙地上,抬头看你弯腰喝水,抓水甲虫和小蜥蜴,但是你

看不见我。我还会藏在你附近的芦苇丛里，在那里我睡在一个空的芦莺巢里，很柔软，非常舒服！"牵牛花小子心满意足地在船舷上摇晃着身体，用手里的花轻打着飞虫。

"你的生活太没意思了，我们会成为好朋友。我要给你讲好多故事，比老师教你的东西有趣儿多了，因为他们根本就不知道这些事，人类只知道破坏美好的事物。我会把你带在我的身边，让你亲耳听到、亲眼看到大自然的美好。"牵牛花小子十分喜欢小约翰。

"你能带我到那里去吗?"小约翰边喊边指着那个映照着落日余晖的金色云之门。

灿烂的云洞已经渐渐褪色成灰色的云雾，但在最深远的地方，还是一片玫瑰红色。

"现在不行，小约翰，你不能一次要求太多。说来你可能不信，我还从来没有去过我爸爸的家呢！"牵牛花小子望着那片光亮，轻轻地摇了摇头。

"我一直都和爸爸生活在一起。"小约翰说。

"你出生在人类所居住的一间房子里，我出生在牵牛花里，但我们都是'太阳之子'，在一起相处会很融洽。"牵牛花小子亲了亲小约翰的额头。

小约翰立时感觉到了一种异常奇怪的变化，他看见的每一样东西都变得更加清晰了。

小约翰看见月亮慈祥地低头望着他，还看见睡莲看到他时露出略带忧思的惊愕表情。

这时，他猛然明白了为什么小昆虫会那么愉快地飞舞，彼此间转个不停，还用长腿点着水。

小约翰曾经觉得奇怪并且思考过的问题，现在一下子就明白了。他还听见芦苇和岸边的树说着悄悄话，为太阳的落山而轻轻地抱怨着。

"牵牛花小子，谢谢你，这真是太让人高兴了！你说得对，我们在一起一定会特别快乐！"小约翰很开心。

"把手伸给我。"牵牛花小子拉着小约翰。

小约翰有种奇特的感觉，觉得自己好像变得又小又轻，能攀爬到纸莎草上。

"现在，把你的眼睛睁大一些，你将会看到一些美丽的小东西。"牵牛花小子说。

他们飞了起来，花、草、树木都在和小约翰打招呼。

他们偷偷地来到蟋蟀学校，好几百只小蟋蟀正在上课，一个矮胖的大蟋蟀是它们的主人兼老师。学生们一个接一个地向前跳，直到跳到老师面前，然后再向后跳一步退回去，没跳好的蟋蟀就要在羊肚菌上罚站。

"小约翰，你听，也许你也能学会几句呢!"牵牛花小子说。

小约翰侧耳倾听，他发现能听懂小蟋蟀在念些什么，那和老师在学校里教的一点儿都不一样。

首先是地理课，它们对地球的区域划分一无所知，最多只知道二十六个沙冈和两个水塘。接下来是植物课，它们学得都很好。

然后是动物课，它们把动物分成了三类：能跳的、能飞的和能爬的。

蟋蟀既能跳又能飞，属于第一类，仅次于它们的是青蛙，最低等级的是人类，因为人类既不能跳又不能飞。小约翰第一次听到这些好玩儿的说法。

"还有更好玩儿的呢！"牵牛花小子领着他来到兔子窝。

"亲爱的，有什么不幸的事情发生了吗？"牵牛花小子看到兔子很伤心，连忙关切起来。

"是的，有一个可怕的消息！人类在不远处建了一座房子，特别大，已经带着狗住进去了。我有七个亲人被害死了，老鼠家族和鼹鼠部落的情况更惨，连蟾蜍都没能幸免于难。所以，我们现在要救助幸存者。大家各尽所能，我让出了窝，每一位都要拿出一些有价值的东西与它的同类分享！"兔子伤心极了。

蟾蜍将一个玉米穗放在兔子窝的入口旁边。小约翰拿出一块圆饼干，他这才发现自己变小了，只能勉强用两只手捧住饼干。

"这真是太棒了！"兔子喊着。

兔子的大屋装饰得很漂亮，地面拍得平平的，还撒了百里香，看起来非常舒适。在入口上方，一只蝙蝠倒悬在那里，报告着客人的姓名，它的翅膀还可以当门帘，真是一个省钱的好办法。

墙壁上雅致地排列着干树叶、蜘蛛网和倒挂的小蝙蝠，数不清的萤火虫穿梭盘旋，在屋顶形成了一排非常漂亮的"照明灯"。

在屋子的尽头立着一个用朽木的碎片搭成的宝座，仙王奥伯龙坐在上面。

"跟我来，我给你引见。"牵牛花小子拉着小约翰。

奥伯龙看见牵牛花小子，高兴地张开双臂拥抱他。牵牛花小子用一种别人听不懂的语言和他谈了好久。

"握握手吧！"牵牛花小子回头望着小约翰。

"牵牛花小子的朋友就是我的朋友，很乐意为你效劳。"奥伯龙说。

"我给你一个我们联盟的信物吧！"奥伯龙从项链上取下

一把小小的金钥匙，递给小约翰。

小约翰毕恭毕敬地接过来，紧紧握在手里。

"这把钥匙会带给你好运，它能打开一个装满无价之宝的金匣子。至于金匣子在哪里，你必须自己去寻找。如果你一直做我和牵牛花小子的好朋友，坚定而诚实，你就很有希望能找到它。"奥伯龙眼神里充满了慈爱。

小约翰异常欣喜，对他表示感谢。随后，三只青蛙奏响了缓缓的华尔兹序曲，来宾成双结对地站起身来跳舞。小约翰看见一只小蟾蜍正在和一只长长的蜥蜴翩翩起舞。蜥蜴不时地把那只倒霉的小蟾蜍举得高高的，让它在空中划着半圆。小约翰大笑起来。

"不许笑，这是一个非常严肃的晚会，来宾不是为了找乐才跳舞的。谁也不想被取笑，你实在是太粗鲁了。"组织者过来对小约翰说。

小约翰觉得很害怕，因为在他的周围都是谴责的目光，本来他与奥伯龙的亲密接触就已经给他树敌很多了。

"小约翰，这是悼念晚会，是一个非常悲伤的场合，你的举止应该得体，别像在人类那里似的。咱们走吧！"牵牛花小子把他拉到一旁，匆匆地往外溜。

兔子也跟了出来。

"我又累又困。"出了兔窝，小约翰说。

牵牛花小子脱下斗篷，盖在小约翰和自己身上，彼此搂着脖子。

"你们的头枕得太低了，要不要枕着我睡？"兔子很善良。

小约翰把金钥匙紧紧攥在手里，头枕着软软的兔毛，安然入睡了。

后来，狗把小约翰弄醒了。小约翰慢慢把眼睛睁开了一条缝，日光，蓝天，云彩……其他的一切全都不见了。

"这是真的吗？"他瞪大了眼睛。

此刻，小约翰正躺在沙冈上，令人愉悦的阳光温煦地照着他。这是梦境还是现实？牵牛花小子在哪里？兔子在哪里？

"我梦游了吗？"小约翰自言自语。

他只觉一束光从头到脚照亮了全身，他手里还攥着那把闪闪发光的金钥匙。小约翰默默坐了一会儿。

"普雷斯托！"他刚一开口，眼里就噙满了泪水。

普雷斯托跳起来叫着，开心地朝小约翰跑过来。回到家里，小约翰把钥匙紧紧握在手里，嘴巴闭得严严的，一直用耸肩回答着爸爸的所有问题。

"你一定遇到了什么奇怪的事情，总有一天，你会把一切都告诉我的。"爸爸说。

小约翰笑了，默默地吃着早餐，然后蹑手蹑脚地回到自己的小屋里。

他捻了一根细绳，穿在他的宝贝小钥匙上，把它挂在脖子上，紧贴着胸口，然后上学去了。

那天在学校里发生的事情对小约翰很不利，他对课程一无所知，根本无法专心学习，总是想着那个湖和昨天晚上发生的令人惊奇的事情。

"太阳是男性。"他对大家说。

大伙儿都笑了，只有老师没笑。她觉得小约翰非常愚蠢，罚他默写课文一百遍。

"你们是不可能理解这件事情的，随便怎么责罚我吧！我是牵牛花小子的朋友，对我来说，他比你们所有人都重要！"小约翰喊着。

连着两天，小约翰都生活在恐惧之中。他被严格禁止离开家人的视线，所以根本没有机会溜到沙冈上去。

星期六，小约翰必须得脱衣洗澡。他怕别人发现金钥匙拿走它，想到这里，心都凉了。

突然，小约翰听见了轻轻扇动翅膀的声音，还闻见了铃兰的花香，那正是牵牛花小子。

"牵牛花小子，你终于来了，我好想你呀，快帮帮我!"他喊道。

"小约翰，跟我来，咱们把你的小钥匙先埋起来。"牵牛花小子拉住他的手。

小约翰觉得自己飘浮在寂静的晚风中，像被风吹起的蒲公英。他们在湖面上盘旋着，一对白蝴蝶飞了过来。

他们在蔷薇丛的根部挖了个洞，然后把小钥匙埋在了里面。蔷薇抱紧两条带刺的手臂，郑重地宣誓要忠实地护卫金钥匙。白蝴蝶见证了这一切。

在接下来的日子里，只要小约翰想念牵牛花小子，牵牛花小子就会派白鸽送来一根红羽毛。

小约翰抓住那根羽毛，就会变得像鸽子般轻盈敏捷，飞过树林，飞向蓝天。

他低下头，从敞开的窗口看见爸爸正在客厅里坐着，狗和猫在地上趴着。但是小约翰不敢和他们打招呼。牵牛花小子带他结识了很多动物和植物。

见到要去打仗的蚂蚁部队，小约翰十分不解："为什么要打仗呢？我不喜欢打仗！"

"这是一场非常重要、值得歌颂的战争。我们要打击的是好战蚁群，是在做好事。"老蚂蚁很自豪。

"难道你们不好战吗？"小约翰问。

"我们爱好和平。"老蚂蚁振振有词。

"真是一个凶残又愚蠢的部族！"小约翰发出了感慨。

"人类还向蚂蚁讨教问题呢！"牵牛花小子笑着。

听完牵牛花小子的话，小约翰哭了。

"小约翰，你怎么哭了？你不应该因为生而为人就哭呀！我喜欢你，在人群中把你找了出来，教你蝴蝶和小鸟的语言，教你看懂花儿的表情。有我做你的朋友，你还不高兴吗？"牵牛花小子问。

　　"牵牛花小子，我高兴，但还是忍不住要为人类哭泣。"小约翰抽泣着。

　　"如果这使你烦恼，你就没有必要还待在他们中间。你可以留在我这里，和我一起生活，永远和我做伴。我还能不停地给你讲神话故事。"牵牛花小子用期待的目光看着他。

　　"那我就再也不能生活在人类当中了！"小约翰眨着眼睛看着牵牛花小子。

　　"在人类世界，充斥着烦恼、疲倦、病痛和悲伤，日复一日。你只能在生活的重压下辛苦操劳，唉声叹气。你脆弱的心灵会受到粗暴的伤害和折磨，会因疲倦而伤心地死去。"牵牛花小子越说越来劲。

　　小约翰觉得牵牛花小子的话不无道理，可自己能抛开和忘记爸爸和狗吗？

　　"来，我介绍'万事通'给你认识，他是最老、最有智慧的树精灵。"他还没想完刚才的那些问题，就被牵牛花小子拉了过去。

"我负责保管蜗牛、蝴蝶、刺猬、鼹鼠和所有在这里生活的动物们的圣经。它们都不会读书，当它们想了解什么的时候，我就读给它们听。这是我无上的荣光，是它们对我的信任。"相互认识后，"万事通"对小约翰说。

"有小精灵的圣经吗？"小约翰问。

"小约翰，你到底是什么动物？只有人类才会这么问。""万事通"怀疑地看着小约翰。

"'万事通'，别紧张，我们是小矮人，你完全可以相信他，他不会给你带来危险。"牵牛花小子赶紧打圆场。

"您这里有没有'真理之书'，我觉得它可以给大家带来伟大的和平和极大的快乐！书里应该明确地说明为什么每样事物就应该是它原本的样子，这样就不会有人再去提更多的要求了。我认为人类至今还没有那本书。"小约翰眨着眼睛看着"万事通"。

"天啊，当然没有！"牵牛花小子大笑起来。

"没有这样一本书吗？"小约翰急切地问。

"当然有，我是从很古老的传说中知道的……""万事通"压低了声音。

话还没说完，他就钻到树里去了。

"可是，这本书真的存在吗？"小约翰问牵牛花小子。

"当然存在，就像你的影子一样存在，小约翰。无论你跑得多快，无论你怎么小心地去抓它，都不能超过它，或是把它抓在手里。不要找了，你和'万事通'都不会找到的。"牵牛花小子泼了一盆冷水。

自从小约翰见到"万事通"后，就总去偷偷找他谈话。牵牛花小子不希望他和别的动物在一起，希望小约翰的心里只有他一个。

可是小约翰没听从他的劝告，心里总在想着那本书，还想着"万事通"。

接下来的几天里，对他来讲，与牵牛花小子在树林或沙冈上的感觉好像不再像以前那么愉快而美好了。

小约翰不再把全部心思都放在牵牛花小子的身上，所看到的东西好像也不再像以前那样精彩和奇妙了，对牵牛花小子说的话也提不起兴趣。

而当他问牵牛花小子问题的时候，也总是得不到非常明确和令他满意的答案。

小约翰总会想起那本能把一切都讲得非常明白、非常简单的书，想起所要追求的那种永远宁静而灿烂的天空。

"小约翰，我觉得你应该重新做回人类，你拥有人类所谓的友情，你的问题和你所想要的东西也和人类一样——没有答案，没有满足。"牵牛花小子很生气。

一天，小约翰偷偷去问"万事通"："谁会找到那本书呢?"

"如果我告诉你，你会帮助我吗?""万事通"问。

"当然了!"小约翰斩钉截铁地回答。

"人类有金匣子，小矮人有金钥匙。春天的第一个晚上是最好的时机，红胸脯的知更鸟知道该怎么做。""万事通"用小手遮住嘴，悄悄地说。

"怎么会没人找到它呢?"小约翰问。

"因为我没透露给任何人。""万事通"回答。

"'万事通',我有钥匙,可以帮助你。我现在就去问问牵牛花小子!"小约翰很兴奋。

回到住处,牵牛花小子的床已经空了,看来牵牛花小子离开了他。

小约翰的身体一下变得特别沉重,可怜地倒在地上。他舍不得牵牛花小子,但更想得到那本"真理之书"。

小约翰从森林里往外走着,又变成了人类,所有的动物和植物都不和他说话了。

在一个阳光灿烂的春日的早晨,他看见树边的草地上坐着一个小女孩。她穿着淡蓝色的裙子,有着金色的头发。一只红胸脯知更鸟落在她的肩膀上,在她的手里啄食。小女孩看见了小约翰。

"你好,小男孩!"她友善地点点头。

一股暖流顿时涌遍小约翰的全身,那双眼睛仿佛是牵牛花小子的眼睛,那声音仿佛是牵牛花小子的声音。

"你是谁?"他的嘴唇因为兴奋而颤抖着。

"我是知更女孩,这是我的小鸟。"知更女孩温柔地回答。

知更鸟没有害怕小约翰,飞到他的胳膊上。

"我是小约翰,你不认识我吗?"小约翰看着知更女孩,心想她肯定是牵牛花小子变的。

"我不认识你呀!"知更女孩笑了。

一路上,他们结伴同行。小约翰犹豫了,不知道要不要说出牵牛花小子的名字。这个女孩真的不是变成人形的牵牛花小子吗?否则,她怎么能给自己带来如此安宁和欢欣的感觉呢?

"你……"小约翰紧盯着那双深邃的眼睛。

他大胆地向知更女孩说了关于牵牛花小子的事情,怀着一点点忧虑,急切地等待着知更女孩作出回应。知更女孩什么也没有说,只是咯咯地笑着,然后抓住他的手。

小约翰站在那里看着她,眼睛里充满了信任。知更女孩把手臂搭在他的肩膀上。

　　小约翰把从牵牛花小子那里听来的故事都讲给她听。他眼前已经没有牵牛花小子的影子了，只有知更女孩。

　　当知更女孩冲他微笑的时候，小约翰从她的眼睛里读出了她对自己的友爱。他觉得很快乐，也不再胆怯。

　　"这一切都是在哪里发生的呀？为什么你现在不能和我一起去那些地方呢？我会非常喜欢的。"知更女孩眼神里充满了期待。

　　"回不去了……"小约翰想去回忆，但一层薄雾罩住了通往回忆的大门，曾经有过的快乐已经离他远去了。

走了半个月左右，知更女孩到家了。小约翰希望知更女孩能陪自己回家，可惜没能如愿。

这天晚上，"万事通"来了。"小约翰，你已经把我忘了吧！你让知更鸟给你指路了吗?""万事通"问道。

"'万事通'，我已经有了想要的一切。我有知更女孩了。"小约翰回答。

"可那不是长久之计，小钥匙还在吗？想想吧，如果你们俩找到了那本书该有多好啊！""万事通"劝说着。

"我可以问一问。"小约翰又动摇了。

"万事通"点了点头，敏捷地攀着常春藤下到地面。小约翰望着那些深深的影子和亮闪闪的常春藤叶子，发呆了好久才回去睡觉。

第二天，他问知更鸟知不知道怎么找到金匣子。知更女孩听见了，很惊讶。

"不在这儿。"知更鸟叫着。

小约翰把所知道的关于那本书的一切都告诉了知更女孩。

"我有这本书。"知更女孩对小约翰说。

知更女孩带着他来到一间屋子，屋子里坐着很多人。她把书拿给小约翰。

"这是《圣经》，我知道这本书。而我说的是一本不同寻常的书。那里面清清楚楚、明明白白地写着，为什么每一样东西就应该是它原本的样子。"小约翰很执着。

"那怎么可能，这孩子是从哪里听来的这些观点，他的脑子好像有毛病！"小约翰身后传来了指责声和嘲讽声。

玻璃门被重重地关上了，小约翰的耳朵里嗡嗡直响。知更女孩没有出来，知更鸟也飞走了。

小约翰又上路了，突然，一对白色的蝴蝶映入眼帘。他跟着奔跑，来到沙冈。

突然，他看见一个黑影闪电般扑来，赶紧捂住了脸。

"我可以带你找到你想要的那本书。"一个尖厉的声音从他身边传来。

小约翰摊开手，看见两只白蝴蝶已经死了，眼前站着一个侏儒和一个黑衣人。

"我是毁灭者。"侏儒告诉小约翰。

"这是我的朋友，名字叫死神，我们是带你去学习的。你需要的是思考和探索，这样才能称之为人，才能寻觅到你想要的东西。"毁灭者又介绍他身边高大的黑衣人。

毁灭者和死神把小约翰带到零博士的门口，死神有事先走了。博士整天被许多书籍、玻璃和铜制器皿环绕着。

在他看来，将一切自然界的奥秘化为符号、化为数字，便是天职。小约翰看见博士正在用之前自己枕着睡觉的那只兔子做实验。

"住手！兔子，我来救你！"他大喊。

"那男孩要干什么？"博士很吃惊。

"他想要成为一个美好的人，所以我把他带来。他还小，很幼稚。"毁灭者回答。

"你做不到。"毁灭者回过头对小约翰说。

"对。"博士非常赞同毁灭者的话。

"博士，放开兔子吧！"小约翰请求道。

"第一次见到这种情形难免会觉得可怕，但你必须记住，人类的科学进步可比几只兔子重要得多。在你寻觅事物的道路上，应该忘掉任何东西。"博士对小约翰说。

"你听见了吗？"毁灭者问小约翰。

"科学家远远地站在所有人的前面，为了一个宏伟的科学理念，必须舍弃平民百姓常有的那些微不足道的感情。你应该是这样的人。"博士继续说着。

"我想要找到'万事通'说的那本书。"小约翰心里一直对那本书念念不忘。

"'万事通'？"博士显得很惊讶。

"他想要探索最高的智慧，了解事物的真实本性。"毁灭者赶紧回答。

"对！"小约翰目光坚定。

"很好，但是你必须坚强起来，不能心慈手软，这样我才能帮助你。"博士说。

小约翰哆哆嗦嗦地帮忙把兔爪上松脱的绳扣系紧了。

"你现在最想干什么？"博士问他。

"我想见爸爸。"小约翰眼睛湿润了。

他实在是太想家了，想他的狗，还有猫，想和爸爸一起远足。

一天早上，博士过来对他说："小约翰，跟我走，我得去看一个病人。"

博士是一个知名的大学问家，好多人都求他帮忙对抗疾

病和死亡。小约翰也偶尔和他一起去做这些事。

毁灭者显得有些反常，他很高兴，偶尔还会倒立、跳舞、雀跃，做各种奇怪的动作。

他的脸上流露出常有的那种神秘笑容，好像有什么大喜事似的。小约翰最害怕他这个样子。

一路上，毁灭者给他讲了好多人类在生活中的故事，讲他们如何忍受苦难的折磨，如何在受苦受难与热爱生活之间苦苦挣扎。

他不停地说着，专讲那些令人沮丧、恶劣低俗、特别可怕的真人真事。

当毁灭者看到小约翰听到这些骇人的故事被吓得脸色惨白的时候，高兴地露出了笑容。猛然间，小约翰看见了绵延起伏的沙冈。

"小约翰，怎么样，现在如愿以偿了吧！"毁灭者露出牙齿笑着说。

小约翰站在老家门前。这一切是多么熟悉呀，他泪流满面。当他走到门口时，被一个巨大而冷酷的阴影堵住了。小约翰认出了他，那正是死神。

屋里十分安静，在楼上，小约翰听见呻吟声从爸爸的卧室里传出来。屋里有一股闷人的酒味和樟脑球味，他看见了爸爸的脸，可是脸已经变了。和善、严肃的表情已经换成了痛苦、僵硬的表情，爸爸脸色惨白、阴暗，头深陷在枕头里。

"早上好，爸爸。"小约翰哭了。

爸爸无神的目光移到了小约翰的身上，脸颊上出现了一个浅浅的笑容。他把瘦瘦的手从床单上抬起来，向小约翰这边微微移动了一下，又无力地垂下来。

博士开始给爸爸做检查。

"我不明白这个病例，这是一次很神秘的发病。"过了好久，博士抬起头。

"把他交给你了，我得先走了。"博士对毁灭者说。

小约翰看见毁灭者拿着一把刀仔细地察看，然后向床边走去。

小约翰不再感到疲倦乏力了，在毁灭者还没走到床边的时候，站在他面前。

"你要干什么?"小约翰的眼睛由于恐惧睁得很大。

"我们得知道他是得什么病死的。"毁灭者回答。

"不!"小约翰的声音就像成人说话时那么低沉。

"你能阻止我吗? 难道你不知道我有多么强壮吗?"毁灭者发狂地怒视着他。

小约翰咬紧牙关，用手抵住他。虽然没有什么能阻止毁灭者，但他不会放弃，他的信念是坚定不移的。

小约翰没有退缩，还在坚持着。他的呼吸越来越急促，而且看不见东西了。

一层血红色的薄雾遮住了小约翰的眼睛，但他依然坚强地站着。手腕的抵抗渐渐减弱了，他的肌肉松弛了，胳膊无力地垂在身体两侧，紧紧攥着的拳头也放松了。当小约翰抬头看的时候，毁灭者已经消失了。

"好样的，小约翰。"死神坐在床边，冲他点点头。

"他还会回来吗？"小约翰轻声问。

"永远不会了，那些曾经反抗过他的人，再也不会看到他了。"死神摇了摇头。

"那牵牛花小子呢？我还能见到他吗？"小约翰问。

死神久久地看着小约翰，眼神温和而严肃，不再令人恐惧。

"我一个人能带你去找牵牛花小子，靠我一个人能让你找到那本书。"死神说。

"带我和你一起走，就像你以前带走其他人一样。"小约翰请求道。死神又摇了摇头。

"你喜欢人类，一直是喜欢的。你应该长大成为一个好人，做一个好人是一件很好的事。"死神化作一个模糊的形象，在阳光下飘走了。

小约翰把头埋在床边，悲悼着死去的爸爸。

"可怜的爸爸，亲爱的爸爸……"他低声念叨着。

"太阳之子！"突然，一个声音在他周围响起。

"牵牛花小子!"小约翰跑到屋外,冲进了阳光里。

牵牛花小子的身影停在了最远的那座小沙丘的坡顶上,他举着的那个亮闪闪的东西散发出令人目眩的光芒。

这时,小约翰看见一个人走过来,脚步坚实地踏在闪闪发光的水面上。

脚下波涛汹涌,但那个人走得很稳健,眼神里充满了同情和怜悯。小约翰从没有在其他人的眼中见过那种眼神。

"你是谁,是上帝吗?"他问。

"不只是。"那人回答。

"是我在你还不懂眼泪含义的时候让你为人类流泪,是我在你还不了解爱是什么的时候让你去爱。我一直和你在一起,而你看不见我。我触动了你的心灵,而你不了解我!"那人继续说。

"为什么我之前从未见过你?"小约翰问。

"能看到'我'的那些眼睛必须要被许多的泪水冲洗干净。你不应该只为你自己流泪,还应该为'我'哭泣。只有到那时，我才会出现在你的面前，你会把'我'当成一个老朋友。"那个人回答。

"我认出你来了！我要永远和你在一起！"小约翰开心地说。

"现在，你来选择吧，'伟大的光'在那边。在那里，你将成为你渴望了解的自己。"他指着"光芒之路"说。

"在那边，是有人类的地方，还有他们的不幸和痛苦。我将在那里为你指路，而不是你曾经追逐过的虚假之光。"他又指了指渐渐暗下来的东方。

小约翰把眼睛从牵牛花小子消失的影子上移开，向那个严肃的"人"伸出双手。

在"他"的指引下，小约翰转过身，迎着寒冷的夜风，艰难地向那个有人类不幸的黑沉沉的大城市走去，即人性和悲痛所在的艰难之路。小约翰知道，人类社会并不是只充满美好，还有很多无奈和痛苦，但无论怎样，都要充满希望，积极面对。

让的奇遇

在勃拉斯捷尔村，有一个退伍士兵，名叫让。让心地善良，特别容易相信人。

一天，让决定离开村子出去闯一闯。途中，他想抽根烟，可是没有找到火柴。

"咦，我明明记得带火柴了呀，什么时候丢的呢?"让自言自语，满脸失望。

他本想找人借根火柴，可上天好像故意刁难他似的，整整一天都没碰到一个过路的人。

天渐渐黑了，让突然发现远处有灯光。

"哈哈，这下可好了，我终于可以借火柴抽烟了。要是碰到一个好心人，说不定还可以借宿一晚。"让非常高兴。

循着火光，让来到一座古老的城堡。

"好心人啊，求您开开门，让我借个火吧！"让上前轻轻地敲了敲门。

城堡里根本无人应答。让又使劲敲了敲门，突然门嘎吱一声自己打开了。他轻手轻脚地走进大厅，发现大厅里静悄悄的，只有壁炉里的火在燃烧着。

让正疑惑，突然从壁炉里跳出一个蛇身美女头的怪物来，头上还戴着亮闪闪的金冠。让久经沙场，立即拔刀准备冲过去。

"勇敢的士兵，请不要杀我！我等你好久了。"蛇开口说话了。

"等我？"让觉得非常惊奇。

"是的。我是佛来米国的公主，叫列多维娜。请你救救我吧！我不小心中了魔法，所以变成了现在的样子。如果你救了我，我就嫁给你，你将来会继承我父亲的王位成为一位伟大的国王的。"蛇一副可怜的样子。

"啊哈，我能当国王，太好了。"让心花怒放。

"求你救救我吧，我说到做到。"列多维娜目不转睛地看着让。

"那我怎么才能救你呢？"让最终还是决定答应公主的请求。

"你顺着走廊一直走，就会看到一道门，你打开右面的门，走进一个橘黄色的大厅，墙边有一个柜，柜里挂着一条宽腰带，你拿来交给我。"列多维娜说。

"没问题，向后转，齐步走！"让给自己下了命令。

让来到门口，刚一打开门，突然从里面伸出八只毛茸茸的大手。但他不为所动，勇敢地向大厅冲去。

"啪！啪！"让突然挨了两记响亮的耳光，但他没有退缩。

让跑进大厅，从柜里拿出一条宽腰带，飞快地跑回列多维娜身边。

"请你帮我系在腰上吧。"列多维娜轻轻说道。

让刚刚把腰带系上，列多维娜腰部以上就变成了人，他顿时目瞪口呆。

"你再到走廊上去，打开第二道门，走进一间天蓝色的大厅，里面有一个柜子，你从里面给我拿一条裙子来！"列多维娜又提出了新的要求。

让轻车熟路，很快就来到第二道门前。他刚打开第二道门，立刻从门里伸出八只握着棍子的手，张牙舞爪。让定了定神，拔出佩刀，熟练地挥舞着，将那些毛茸茸的大手一一砍断。

让走进天蓝色的大厅，打开柜门，顺利地拿到了裙子。

"请帮我把裙子穿上！"列多维娜说。

跟刚才一样，让刚系上最后一颗纽扣，列多维娜自膝盖以上就变成了人。

"你再顺着走廊一直走，打开第三道大门，走进白色的大厅，里面有一个柜子，你拿一双白色的袜子和鞋子给我！"列多维娜再次说道。

"这个容易！"让打了一个响指。

让毫不犹豫地打开第三道大门，里面出现了八个独手妖怪。妖怪的眼睛像烧红的炭火，强壮有力的大手中握着一把铁锤。

让灵机一动，拆下门板当作盾牌，快速冲进白色的大厅，从柜子里取出袜子和鞋子，安全返回。

"给你袜子和鞋子！"让气喘吁吁地把东西递给列多维娜。

列多维娜接住袜子和鞋子，穿在脚上，顿时一个美丽的姑娘出现在眼前。

"你沿着河岸走，就会到达一个饭店，你去那里等我。明天早上八点，我会准时去找你。"列多维娜说。

"为什么我们不一起离开？"让很奇怪。

"不行，时间还没有到。喝完这杯酒再上路吧！"列多维娜递给让一杯酒。

让接过酒杯，一饮而尽，然后向列多维娜敬了一个礼，转身就走了。

列多维娜看着让的身影慢慢消失，暗暗笑了一下。

让来到饭店，晚上睡前特意交代服务员明天早上七点叫醒他。

第二天一早，服务员来到房间，大声叫让起床，还使劲摇他的肩膀，但让毫无反应。

让醒来的时候，太阳已经高高挂在天上了。

让心急火燎，赶紧跑出房间问服务员："有没有人到这里来找过我？"

"有，有！来了一辆金黄色的马车，车里还坐着一位美女，她说她叫列多维娜公主，给你留下了一朵鲜花，明天早上八点会再来。"服务员说。

让闷闷不乐，但看到列多维娜留下的鲜花，心里还是得到了一点儿安慰。

"看来公主没有生气，我明天一定要等到她来。"让暗暗想道。

这一夜，让一直没有睡安稳，不时起床看天色。当天蒙蒙亮，鸟儿们啾啾地鸣叫时，他走到院子里，爬上一棵高大的菩提树，看着手中美丽的鲜花畅想着未来。

让闻着奇异的花香，沉浸在美好的幻想中，竟然不知不觉睡着了。

让再次睁开眼睛的时候，已经是中午了。他一骨碌从树上跳了下来。

"公主来找过我吗?"让问饭店老板。

"来过了,可是我们怎么也叫不醒你,她只好走了。"饭店老板回答说。

"公主留下什么话了吗?"让焦急地问。

"她说明天上午十点会来最后一次,她留下了这个……"饭店老板把一条围巾交给让。

让心里非常难过,他决定晚上不睡了,一定要见到心爱的公主。

让骑马在饭店门前走来走去,还把围巾戴上脖子,呼吸围巾散发出的香气。慢慢地,他的头越来越低,不一会儿,让和马就一起睡着了。

第二天列多维娜公主来的时候,饭店老板使劲推搡让,可他还是毫无反应。直到公主的马车消失在道路转弯处时,让和马才醒过来。

"哎哟,坏了!公主来过了吗?"让看了看太阳,赶紧询问饭店老板。

"刚刚离开，你看，她的马车扬起的灰尘还没散去。"饭店老板说道。

让立即掉转马头，向公主追去。

不一会儿，让就看见了列多维娜的金色马车。

"列多维娜，我是勃拉斯捷尔村的让啊！"让在后面大声喊叫。

列多维娜听见让的声音，不但没有停车，反而叫车夫加快速度。让猛踢马刺，紧紧追赶，但还是追不上前面的金色马车。路快到尽头了，已经可以看见大海了，让心里一阵欢喜，心想这下列多维娜再也逃不掉了。但是金色马车到了岸边，并没有停下来，而是继续在海面上奔驰，如履平地。

让赶到海边，无奈地看着金色马车越驶越远。

让沿着海岸不停地走，突然看见一间小木屋，门口一个美丽的渔家姑娘正在织补渔网。

姑娘彬彬有礼地把让请进屋，给他端来面包和水。通过交谈，让得知姑娘名叫海鸥，是个孤儿，善良又有爱心。

海鸥对让来此的目的很好奇，于是让给她讲述了自己的遭遇。海鸥目不转睛地看着让，但让只顾讲列多维娜公主的事情，并没有察觉。

"唉，如今我连过海的船钱也没有，怎么办呢？"让叹了一口气。

"昨天我在海边捡到一个铜罐，里面有一个装有五十个金币的钱袋和一件旧斗篷，就送给你吧！"海鸥姑娘的眼神很真挚。

"谢谢，但我不能要你的钱！"让觉得很不好意思。

"你就收下吧！"海鸥姑娘很固执。

"不，我还是自己想办法！要是我当上了国王，一定会乘着华丽的帆船来见你的。"让连连说道。

"我却更愿意看到你乘着渔船前来！既然你不要钱，那就收下这件斗篷吧！"海鸥姑娘偷偷地将钱袋塞进让的口袋。

让还想推辞，但海鸥姑娘已经转身离开了。

让披上旧斗篷，坐在干草上，思索下一步该怎么办，不一会儿就睡意蒙眬。

"要是我一觉醒来，就在佛来米国的王宫门口，那该多好呀！"让打了一个哈欠，慢慢睡着了。

也不知道过了多久，让醒来的时候，正躺在一座富丽堂皇的宫殿门口。

"我不是做梦吧！您好，请问这是哪里？"让拉住一个过路的人问道。

"这是佛来米国的王宫啊！"路人一脸不可思议地看着让，还以为他是个疯子呢！

让迷惑不解，不知道发生了什么事情。他无意中把手伸进口袋，摸到了一个钱袋，知道这是海鸥姑娘的好意。

"这斗篷一定有魔力，我倒要试一试。我要住到城里最好的旅馆里！"让大声说道。

话音刚落，让真的身处一家豪华的旅馆里了。第二天一早，让走到窗边，看到家家户户挂着花束和彩旗，一派喜气洋洋的景象。

"今天是什么日子？"让问旅馆的服务员。

"列多维娜公主回来了！"服务员满脸兴奋。

让来到街上，正好看到列多维娜的金色马车。列多维娜探头往窗外一看，正好也看见了让，便立刻缩回了脑袋。

"哈，列多维娜认出了我。我总是迟到，看来她是生气了，我要赶到王宫去！"让拿出金币结了账，急忙来到王宫门口。

"我解救了列多维娜公主，请你们向国王报告，我要见陛下。"让对守门的卫兵说。

"滚开，你这个疯子，救公主的是沿海国的王子，怎么会是你这个衣衫破烂的人。"士兵一脸鄙夷的神色。

"衣衫破烂就要受这样的闲气吗？"让十分苦恼。

让走进一家小酒店，叫了酒菜，边喝边想办法。突然，他想数数钱袋里还剩多少钱。咦，怎么还有五十个金币？

他想一定是海鸥姑娘数错了，钱袋里肯定不止五十个金币。让付完酒钱，有些好奇，又数了数钱袋里的钱，还是五十个金币。

"这肯定是一个有魔力的钱袋，里面的钱永远也花不完，现在我比任何一个国王都要富有，王宫所有的门都会为我敞开！"让高兴极了。

让来到城中一家著名的裁缝店，请裁缝给他缝一件华丽的衣服。接着，他又来到马车店，让老板给他定做一辆马

车，一定要比列多维娜公主的金色马车还好。

三天之后，裁缝给让缝了一件衣服，蓝色的天鹅绒料子，金丝饰边，绿松石纽扣。一星期后，马车也做好了。让穿上新装，坐上马车在城里闲逛。

大街上，人们看到奢华的马车，个个惊羡不已，以为里面坐着的就是沿海国的王子。

一路上，让坐在马车里，不停地往外扔金币。很多百姓跟在他的马车后面，奔跑叫喊着。很快，这件事就传到了王宫里。

"我想见见这位王子！"列多维娜公主对父亲说。

"那好，就请他到王宫来玩牌吧！"国王想出了个主意。

让接到宫廷传令官的传召，戴上面罩就去了王宫。在华丽的宫殿里，让终于见到了列多维娜，但他不动声色，谎称自己是一个王子。

在国王的提议下，大家开始玩牌。第一局，国王赢了，让从钱袋里倒出五十个金币。第二局，国王又赢了，让又从钱袋里倒出五十个金币。第三局的时候，让发现国王在作弊。

"不玩了，今天够了！"让把五十个金币倒在桌上。

看着金光闪闪的钱币，国王、王后、列多维娜的眼睛都放光了。

"真怪，你钱袋里的钱好像永远都用不完？"国王边收金币边说出自己的疑问。

"这个钱袋简直是个大奇迹！"列多维娜拍着手说。

"您从蛇变过来不更是奇迹吗？"让讥讽道。

"你乱说什么？你是什么人？"国王大怒，跳起来喊道。

"我就是救您的女儿列多维娜的人。"让突然拿下了脸上的面罩。

"让！"列多维娜尖叫了一声。

"对，我就是让，您曾保证嫁给我，可您却逃走了。"让大声说道。

"这么说，你根本不是王子？"国王问道。

"不是，我只是一个普通人，父亲是勃拉斯捷尔村的船夫。"让回答说。

"我决不允许我的女儿嫁给船夫的儿子。"国王气极了，跺着脚喊道。

这时，列多维娜公主凑到国王耳边说了几句话，就见国王的眉头渐渐舒展开来。

"要是你把这神奇的钱袋送给我女儿，我就同意你们的婚事。"国王说道。

"这钱袋不是我的，我要还给主人的。"让回答说。

"那这个钱袋先放在我这里，等我们结婚后，我再还给你！"列多维娜说。

让信以为真，把钱袋交给列多维娜。国王拿来一瓶好酒，说要好好庆贺一下。让喝得酩酊大醉，第二天醒来发现躺在旅馆床上，怎么也想不起发生了什么事。

"你去告诉我的马夫，叫他们准备好马车，我要到王宫去。"让叫来服务员。

"您根本就没有马车呀！昨天晚上士兵看见您躺在街上，才把您抬到这里来的。当时，您身边只有这一个包袱。"服务员说。

"真是不可思议！我要马上到王宫去，让国王抓住那个大胆的小偷。"让非常气愤。

让立即来到王宫门口，说要求见国王。

"国王和王后出宫去了。"士兵面无表情地说。

"那么给我报告列多维娜公主。"让不甘心。

"公主病了，任何人也不见。"士兵拒绝了让的要求。

让只好回到旅馆，他越想越气，突然想起了那件有魔力的旧斗篷。

"我要到列多维娜公主的房间里去！"让披上旧斗篷，大声说道。

一眨眼的工夫，让就来到了列多维娜的房间。此时，列多维娜正在不停地数着金币。

"晚上好！"让抱着手臂对列多维娜说。

"你怎么进来的？滚出去！"列多维娜慌忙用手挡住桌上的金币。

"把钱袋还给我！"让说。

"不给，这是我的。"列多维娜赶紧抓住钱袋。

"我要同列多维娜一起到世界的边缘去！"让气得满脸通红，拉过公主的手，用斗篷盖住她，说道。

果然，他们一起来到了世界的边缘。

"怎么会这样？你是妖怪？"列多维娜惊奇地问。

"当然不是，这件斗篷有魔力，只要披在身上，它就可以带你到任何地方。"让笑着说。

"啊，原来是这样，我一定要得到它！"列多维娜心想，假装打了个呵欠，说要休息一下。

列多维娜躺在干草上就睡着了。过了一会儿，让打了几个呵欠，也跟着睡着了。其实列多维娜是假装的，她等让睡熟，便偷偷地拿走斗篷披在自己身上。

"我要立刻回到父王的王宫里去！"列多维娜轻声说道。

同样，一眨眼的工夫，列多维娜又回到了王宫。

睡醒之后，让睁眼一看，发现公主、钱袋、斗篷全都不见了。

让十分懊恼，不停地打自己耳光。等心情平静下来，他四下张望，发现了一棵李子树。这棵树非常奇怪，上面结的李子全是金色的。让忍不住尝了两个，发现头上长出了两只角。

"难怪那个女人要偷你的东西，把你当傻瓜了，现在连魔鬼也来跟你作对，送给你两只角。"让自嘲道。

让向前走了一会儿，又看到一棵树，上面挂满了绿色的果子。他忍不住又吃了两个绿色的果子，没想到头上的角消失了。

"啊哈，我有办法惩治列多维娜了。"让突然变得高兴起来。

让用芦苇编了两个篮子，一个装金李子，另一个放绿果子。他拎着篮子一直向东走，穿过森林，越过田野，走过沙漠。虽然时间过去了很久，但那些水果还是很新鲜，就像刚从树上摘下来的一样。

让来到海边，找到一艘开往佛来米王国的船，在上面当了一个水手。经过千难万险，他终于回到了佛来米王国。他乔装打扮，带着一篮李子来到王宫门口叫卖。

不久，篮子周围就站满了人，因为在这个季节是不可能有李子的。

列多维娜被吵闹声吸引，来到王宫门口。她走到让的面前，仔细看着这些奇怪的李子。此时的让蓄了胡子，特意换了衣服，所以列多维娜根本没有认出他来。

"你的李子卖这么贵，难道有什么特别之处吗?"列多维娜问道。

"当然了，我的李子有魔力，只要吃了就会永远年轻漂亮。"让极力推销着。

"好，我全部买下来!"列多维娜说。

列多维娜急切地数着李子，数好后就拿出魔法钱袋一次又一次地往外倒金币。

列多维娜很兴奋，迫不及待地想验证李子的功效。

"吃李子的时候千万不能让别人看见，否则就无效了。"让小声对列多维娜说。

列多维娜没有怀疑，急急回到王宫。

让心里一阵窃喜，来到旧货摊，买了一件医生袍，然后剃掉大胡子，静待着事情的发展。

列多维娜赶走女仆，坐到镜子前，吃起了所谓的神奇李子。可是她刚吃了两个，头上就长出了两只犄角。

"哎呀，来人啊，救命呀!"公主大声呼救，可是角却越长越大了。

国王闻声赶来，看到这种情景大吃一惊，立即弄明白了事情的经过。

"女儿，千万别哭，我肯定会找人把你治好。"国王安慰列多维娜。

国王立即布告天下：只要谁能治好公主的病，就把公主许配给他，而且可以成为名正言顺的王位继承人。

各地的医生、药师得知此事，纷纷赶来，但他们用尽了办法，公主头上的犄角还是去不掉。

让将绿果子榨成汁，装进一个小瓶子，然后戴上假发和眼镜，走向王宫。

国王正在着急，卫兵突然来报，说有一个医生自称能治好公主的病，但是治病的时候不能有旁人在场。这个医生就是乔装改扮的让。

让顺利地来到列多维娜的房间，给她喝了一滴绿果汁。列多维娜刚喝完，便发现角短小了许多。

"快，再给我倒一点儿！"列多维娜急得直跺脚。

"公主，请问你为什么有那么多钱买李子？请你一定要说实话，否则我的药就不起作用了！"让严肃地说。

"……我是从有魔力的钱袋里拿的。"列多维娜吞吞吐吐地说。

"钱袋是从哪里来的？"让穷追不舍。

"我……我……我是从一个人那里偷来的。"列多维娜的脸红了。

"你把钱袋交给我，否则我的药就不起作用了！"让继续说道。

列多维娜很舍不得钱袋，但是一辈子头上长角的生活更让人受不了，于是无可奈何地把钱袋递给让。

让收好钱袋，又给列多维娜喝了一滴绿果汁。列多维娜刚喝完，头上的角又短了一点。

"你是骗子，角还没消失呢，只不过短了些。"列多维娜嚷嚷道。

"不是我的药水有问题，而是你还做过一件亏心事。"让一本正经地说。

"我……我还偷了他一件斗篷！"列多维娜小声地说。

"把斗篷也交给我，否则你会一辈子长着角！"让大声说道，不容置疑。

列多维娜心里非常生气，但她没有表现出来。

"好吧，你等着瞧！等我病好了，一定给你点颜色看看。"列多维娜暗暗想，不情愿地把斗篷交给让。

让把装有绿果汁的瓶子交给列多维娜，然后摘下了眼镜和假发。

"勃拉斯捷尔村的让，原来是你！"列多维娜大吃一惊，不禁脱口而出。

"是我，就是我！"让披上斗篷，说道，"我要到善良的海鸥姑娘那里去！"

列多维娜很不甘心，想抓住让的斗篷，但是摔了一跤，打翻了瓶子，绿果汁就这样流光了。从此，列多维娜就一辈子长着两只角。

让来到海边，见到了日夜思念的海鸥姑娘。

"你没有同公主结婚，当国王吗？"海鸥惊奇地问道。

"没有，我只想永远陪着你！"让拿出钱袋和斗篷还给海鸥。

"我不要这些，你的经历说明这些宝物并不能带来幸福。"海鸥笑着说。

"请嫁给我吧！"让把手伸向海鸥姑娘。

海鸥姑娘羞答答地答应了让的求婚。

让和海鸥姑娘最后把斗篷和钱袋放回铜罐，扔到了大海里，过着幸福美满的生活。